Do it, 그냥 해봐!

Do it,
그냥 해봐!

네 청춘의 경쾌하고 느린 성장 비망록

롤링 스톤스, 제이지의 프로듀서 지미 더글러스가 주목한
록밴드 솔루션스의 음악으로 가는 길!

솔루션스 지음

마리북스

무언가를 끊임없이 사랑하며 살아온 삶

처음에는 많이 망설였다.

음악을 만들고 무대에서 노래하는 것도 이제 겨우 익숙해졌는데 과연 가당키나 한 일인가! 정규 앨범 두 장을 발표한 데뷔 4년 차의 풋내기 밴드가 책을 낸다는 것이 혹여 웃음거리가 되지는 않을까 걱정도 되었다.

음악을 하면서 살아가는 것은 재미있는 일이지만, 늘 그만큼의 고민도 따른다. 좋아해서 시작했던 음악이지만 여전히 어렵고, 우리의 삶 역시 아리송하다. 누구나 삶에 대한 결론이 없을 테니까.

책을 통해 우리의 이야기를 들려줄 만큼 우리가 대단한 사람들인가라는 생각을 해봤다. 우리는 누군가에게 재미있는 이야기를 들려줄 수 있는 사람들인가? 누군가에게 생각의 여지를 줄 수 있는 이야기가 있을까?

그러다 어느 날 문득, 솔루션스를 시작한 이후 매일같이 걱정과 망설

임 속에서도 도전의 연속이었다는 생각이 들었다. 그러자 마음이 한결 가벼워졌다.

'뭐 어때, 한번 해보자!'

그렇게 해서 일은 벌어졌다.

《Do it, 그냥 해봐!》는 여러분과 똑같은 한 사람, 그리고 그 한 사람 한 사람이 모여 있는 솔루션스라는 밴드의 성장 일기이다. 손에 땀을 쥐게 하는 모험담과 마음을 울리는 드라마는 찾기 힘들지도 모른다. 하지만 책 곳곳에서 기대했던 것보다 재미있는 이야기들, 미처 예상하지 못했던 이야기들을 만날 수 있을지도 모른다. 우리 인생이 늘 그러하듯.

책을 쓰면서 우리의 어린 시절부터 지금까지 음악 안에서 재미를 추구하며 살아온 삶을 떠올려보았다. 그리고 우리는 무언가를 끊임없이 사랑하며 살아왔다는 것을 깨달았다. 여전히 그 과정 속에서 많은 고민을 하고 있지만, 그 과정 자체를 사랑하며 살아가고 있다는 것을 깨달았다. 우리의 삶에는 무엇보다 중요한 음악이 있고, 음악 못지않게 사랑하는 많은 것이 있다. 사람, 소소한 일상, 작은 행복, 친구, 고양이 등……. 느린 일상 속에서도 우리가 웃을 수 있고 행복할 수 있는 이유이다.

사람들은 우리를 가리켜 '청춘'이라 한다. 청춘이라는 이름은 눈부시지만, 결코 녹록지 않은 청춘이 경쾌할 수만은 없다. 지금부터 그 이야기들을 해보려고 한다.

누군가 우리의 삶을 들여다본다는 것은 어떻게 생각해보면 두렵기도 하다. 하지만 우리의 작은 삶을 통해 이 책을 보는 한 사람의 마음에 '동함'을 느낀다면, 그 두려움은 또 다른 설렘으로 바뀌어 긍정적인 에너지를 얻을 수 있을 것이다.

어느 날 우리에게 찾아온 작은 '행운'이 여러분에게도 전해지길 바란다. 우리의 이야기가 큰 감동과 위로가 되지는 못하더라도, 일상의 느림 속에서 불안해하고 조바심내는 사람들에게 작은 어루만짐과 소박한 미소를 전해줄 수 있으면 좋겠다.

홍대에 발을 들이고 음악을 시작했을 때부터 지금까지 참 많은 분의 도움을 받았다. 그 모든 분께 진심으로 감사드린다. 앞으로 더욱 좋은 음악, 더욱 새로운 모습의 솔루션스로 보답하겠다.

2015년 11월
무대 위에서 늘 행복한 솔루션스

Contents

Part 3 오경
Do It!

Part 4 한솔
No Problem!

Part 1 솔

Brand New Day

시형이 삼촌

"들어봐."

CD 두 장이 내 앞에 툭 하고 떨어졌다. 너바나Nirvana의 〈네버 마인드Never Mind〉와 라디오헤드Radiohead의 〈파블로 허니Pablo Honey〉 앨범이었다. 노랫말을 알아듣지는 못했지만 그들의 음악은 완전 신세계였다. 그야말로 내 취향을 제대로 저격당한 기분이었다. 이게 진정한 음악이구나. 마치 멜로디가 내 마음 깊은 곳까지 꿰뚫어보는 것 같았다. 그때부터 난 음악을 해야겠다고 결심했다. 중학생 때 이야기다.

그렇게 삼촌 덕분에 꽤 어린 나이에 음악을 접하게 되었다. 로커처럼 긴 머리를 하고 김종서 모창을 곧잘 하던 시형이 삼촌. 집안에서 노래 잘하는 걸로 유명했던 삼촌은 한때 가수를 꿈꿨다. 하지만 음악은 취미생활로 돌리고 결국 직장을 다녔던 것으로 기억한다. 그다지 다정한 편은 아니었지만 나이 차가 많이 나는 조카인 나를 동네 형처럼 무심히 챙겨주는 그 마음이 좋았다. 그날, 삼촌에게서 너바나와 라디오헤드를 소개받은 이후 나의 하루 일과는 두 밴드의 음악을 들으면서 시작하고 마무리되었다.

매일매일 반복되는 학교생활, 별다른 특기나 취미도 없었던, 그저 공부만 했던 나에게 그들의 음악은 유일한 탈출구가 되어주었다. 그들의 음악은 예민하던 사춘기 소년의 감수성을 다채롭게 물들여주었다.

노래를 즐겨 부르기 시작한 것도 그 무렵이다. 라디오헤드와 오아시스Oasis 등 록밴드들의 노래도 많이 불렀지만, 가장 많은 시간을 들여 연습했던 건 이적의 곡들이었다.

낮게 깔리면서도 날카롭게 느껴지는 그의 음색이 좋았고, 그가 만들어내는 멜로디와 가사가 너무나 아름다웠다. 패닉으로 활동할 때부터 솔로 앨범들까지 거의 모든 곡의 가사를 외워가며 연습했다.

그러면서 학교 공부에는 흥미를 잃어버렸고, 유일하게 열정을 쏟는 일은 노래 부르기가 되었다. 노래하는 게 세상에서 제일 재미있었다. 당시 음반이 나의 유일한 보컬 선생님이었고, CD를 틀어놓고 마디마다 반복해서 들으며 노래하는 사람의 목소리와 발음, 심지어 호흡까지도 하나하나

카피하려고 애썼다. 살면서 그토록 뭔가에 몰두하고 빠져든 적이 있었을까. 한 곡, 한 곡 내 것으로 만들어갈 때마다 뭔가 해낸 것 같은 성취감과 기쁨에 가슴이 뛰었다.

지금의 노래하는 박솔을 본의 아니게 발굴(?)해냈던 삼촌은 내가 스물한 살 때 불의의 사고로 세상을 떠났다. 날벼락 같은 일이어서 지금도 현실처럼 느껴지지 않는다.

'삼촌이 봤으면 엄청나게 좋아했을 텐데…….'

데뷔 후 공연 때마다 이런 생각이 많이 들었다. 조립식 장난감을 사달라며 떼를 쓰던 꼬마가 어느덧 훌쩍 커서 이렇게 많은 사람 앞에서 노래를 부르고 있다. 나의 이 모습을 삼촌이 본다면 어떤 표정을 짓고 있을까. 아마 세상에서 가장 흐뭇한 미소로 나에게 록앤롤을 외쳐주지 않을까.

오! 브리티시 록

　　너바나와 라디오헤드로 록 음악에 입문하고, 너바나의 매력에 먼저 푹 빠져들었다.

　　'Smells Like Teen Spirit'

　　제목부터가 자극적이었다. 사춘기의 반항심이 스멀스멀 피어오르던 그때, 커트 코베인의 심드렁한 목소리와 다 부숴버릴 것 같은 데이브 그롤의 파워풀한 드럼 연주를 듣고 있으면 심장이 마구 쿵쾅거렸다. 거칠고도 신경질적인 도입부의 기타리프를 듣는 순간에는 망치로 뒤통수를 한 대 얻어맞은 것 같았다.

　　'와, 진짜 죽여준다.'

1990년대 미국 팝 음악의 아이콘이었던 커트 코베인은 록스타를 꿈꾸는 사람들에게는 우상이었다. 나에게도 그는 어마어마한 존재였다.

하지만 이상하게도 시간이 지날수록 자꾸 손이 가고 귀 기울여지는 앨범은 라디오헤드였다. 나의 정서가 라디오헤드와 더 많이 닮아 있었기 때문일 것이다. 담담하게 읊조리다가도 어느 순간 모든 걸 토해내듯이 절규하는 라디오헤드 보컬 톰 요크의 목소리는 너무나 많은 감정이 뒤섞인, 뭐라 표현할 수 없는 묘한 분위기를 자아냈다. 그들의 멜로디는 마치 살아 숨 쉬듯 내 귀와 마음에 꽂혀 황홀함까지 느끼게 해주었다.

어떤 날은 침대에 누워 라디오헤드의 〈The Bends〉 앨범 수록곡인 'Fake Plastic Trees'를 끊임없이 반복해서 들으며 눈물을 흘린 적도 있었다. 왜 눈물이 나는지 나도 몰랐다. 내성적이었던 나는 마음속으로만 내 생각들을 담고 있었다. 그런 내 마음을 커트 코베인보다는 톰 요크가 더 잘 보듬어주었다.

라디오헤드를 시작으로 나는 점점 더 브리티시 록에 심취되었다. 오아시스, 블러Blur, 트래비스Travis, 스테레오포닉스Stereophonics…… 학창시절

그들 밴드의 음악과 함께하며 나의 음악적 정서는 그렇게 만들어졌다.

나는 그 밴드들의 CD를 전부 구입해서 반복해서 듣고 또 들었다. 시적인 가사와 친숙하면서도 내 마음을 후벼 파는 듯한 멜로디가 좋았다. 레이지 어게인스트 더 머신Rage Against The Machine이나 레드 핫 칠리 페퍼스Red Hot Chilli Peppers 같은 미국 밴드들의 음악도 즐겨들었다. 그러나 영국 밴드의 음악에서는 좀 더 진한, 그리고 나와 비슷한 사람 냄새가 났다.

그 시절 미국에서 성공을 거둔 영국 밴드들을 두고 '2차 브리티시 인베이전'이라고들 불렀는데, 정작 침공당한 건 사춘기 내 마음이었다.

라디오헤드와 더불어 나에게 지대한 영향을 끼친 밴드는 오아시스다. 노엘 갤러거와 리암 갤러거, 이 두 형제를 주축으로 탄생한 오아시스는 라디오헤드와 더불어 브릿 팝Brit Pop의 상징이라고 할 수 있다. 노엘의 수려한 송라이팅과 기타리프 위에 잔뜩 멋이 들어간 리암의 목소리는 그야말로 최고의 조합이었다. 어떤 공식으로도 정의할 수 없는 기운이었다. 고등학교 때는 뒷짐을 지고 목을 꺾으며 노래를 부르는 오아시스의 프론트맨 리암 갤러거 특유의 자세를 따라 하다 목에 담이 걸리기도 했다.

솔루션스 음악에서 브릿 팝의 분위기가 풍긴다는 평을 종종 듣는다. 당연한 이야기이다. 지금의 나를 만들어준 대부분의 음악이 브릿 팝이었으니까. 나의 워너비였던 그들을 닮고 싶다는 마음에 이런저런 시도를 많이 해보았다. 하지만 결국 카리스마 넘치는 오아시스 리암 갤러거의 시크한 분위기도, 어디로 튈지 모르는 블러 데이먼 알반의 장난기 넘치는 매력

도, 라디오헤드 톰 요크의 신비로운 광기도 나의 것은 아니었다. 점점 나만의 목소리를 찾아야 한다는 절실함을 온몸으로 느꼈다.

내가 좋아하는 음색을 흉내 낸다고 해도 그건 진짜 나의 것이 아니라는 것을 알기에 많은 고민을 했다. 성대와 혀의 위치, 입 모양, 심지어 얼굴 근육의 쓰임에 따라 굉장히 다양한 소리들이 만들어진다. 때문에 내 목소리를 찾기 위해 솔루션스 활동을 하면서도 계속 탐구하고 연습했다. 실제 녹음이나 공연에서 시도해보기도 했다. 솔루션스의 1집과 2집, 그리고 최근의 EP를 잘 들어보면 나의 소리가 계속해서 조금씩 바뀌고 있다는 것을 알게 될 것이다. 온전한 나만의 음색을 찾기 위한 많은 시도와 과정이 앨범에 녹아 있기 때문이다. 지금도 더욱 매력적인 나만의 소리를 찾아가고 있는 중이다.

내 어린 날의 사운드트랙, 브리티시 록은 나의 음악과 목소리의 뿌리이자 양분이다. 덕분에 박솔이라는 이름 앞에 뮤지션이라는 타이틀을 붙이고 살아갈 수 있게 되었다. 그리고 이제는 더 많은 가지를 뻗고 열매를 맺어 또 다른 새싹을 틔울 준비를 하고 있다.

무대 위에서 관객들을 바라보고 있으면
집중하는 모습들이 너무나 아름다울 때가 있다.
하나라도 놓칠세라 눈 깜빡이는 것도 잊은 채
무대 위를 향해 있는 눈빛들은 때때로 조명보다 더 빛이 난다.

오클랜드의 공기

　　여행의 시작은 설렘이라는 공통분모에서 출발하지만, 그 끝은 모두에게 각기 다른 의미를 부여하며 기록이 된다. 내가 뉴질랜드에서 보낸 1년도 그러했다. 단지 스무 살의 도피처로 여겼던 그곳은 지금 나에게는 안식처 그 이상의 의미이다. 지리적으로는 아주 먼 곳이지만 마음의 짐을 내려놓고 잠시라도 쉬고 싶을 때면 나도 모르게 머릿속에서는 그곳을 찾게 된다. 낯선 땅에서 보낸 1년의 시간, 무책임했던 그때의 일탈이 이렇게 소중한 경험이 될 줄이야.

　　고등학교 3학년 때 도저히 음악이 아니면 안 될 것 같았다. 수능 시험 3~4개월 전에 늦었지만 용기를 내어 부모님께 말씀을 드렸고, 실용음악과 입시를 준비했지만 결과는 낙방이었다. 그 자리에 그대로 멈춰 서서 한 발짝도 뗄 수 없었다.

'아, 이제 어쩌지?'

더 이상 나의 스무 살을 수험생으로 보내기 싫었다. 무엇보다 심사위원으로 앉아 있는 교수들 앞에서 노래 한 곡도 완창하지 못했는데 그 상황을 또 겪으며 평가를 받아야 한다는 것도 불쾌했다. 그렇다고 학교에 가지 않고 음악을 시작하는 방법도 몰랐다. 어디서부터 어떻게 시작해야 할지 도무지 감이 오지 않았다. 그저 막막하고 답답한 마음뿐이었다.

그렇게 한 달, 두 달이 지나고 '에라, 난 모르겠다' 하는 심정으로 아르바이트를 하며 시간을 보낼 즈음이었다. 사촌 누나가 워킹 홀리데이 비자로 호주에 간다는 이야기를 들었다.

'그래, 나에게 필요한 건 이거야!'

참으로 스무 살다운 결심을 했다. 넉넉지 않은 집안 형편을 다 알면서도 나는 이기적이고 불효막심한 아들이었다. 영어 공부를 하러 가겠다는 핑계로 또다시 부모님을 설득했고, 결국 뉴질랜드행 비행기표를 쟁취해냈다.

내 생애 첫 해외 여행지였던 오클랜드. 이글이글한 태양이 비켜간 오

후 늦게 그곳에 도착했다. 분명 뉴질랜드에서 가장 번화한 도시라고 들었
는데, 주위를 둘러보니 거리 풍경도 오가는 사람들의 패션도 마치 우리나
라의 1990년대 같았다. 어디선가 청량한 바람이 불어오면서 이국의 냄새
를 듬뿍 묻혀왔다. 한국과는 공기가 달랐다. 그 모든 것이 낯설었지만, 왠
지 모르게 가슴이 뻥 뚫리는 기분이었다. 우리와 반대의 시간을 살고 있는
나라, 그곳에 서 있다는 것만으로도 가슴이 두근거렸다.

'이곳에서는 뭐든지 해낼 수 있을 것 같아!'

이 패기 넘치는 스무 살의 청년은 낯선 환경에 대한 두려움도 잊은
채, 그곳에서 펼쳐질 새로운 인생에 대한 기대로 잔뜩 흥분해 있었다.
　당시 나의 영어 실력은 "Hello." "I'm fine Thank you. And you?" 딱
두 마디 정도만 할 수 있었다. 오클랜드 어학원에서 영어를 배우며 유럽,
남미, 중동 등 세계 각국에서 온 다양한 친구들을 만났다. 주말이면 가끔
씩 친구의 집으로 몰려가서 파티를 열기도 했다.
　사우디아라비아에서 온 친구가 렌트해서 살고 있던 큰 아파트는 우리
의 아지트가 되었다. 각자 맥주와 안주거리를 가져와서 음악을 틀어놓고
밤새도록 놀다가 여기저기 널브러져 잠이 들었다. 한번은 한국 음식을 먹
고 싶다는 친구들의 요청에 닭볶음탕을 만들어주었다. 한국, 사우디아라
비아, 독일, 스위스에서 온 청년들이 바닥에 신문지를 깔고 앉은 채 맨손

으로 닭볶음탕 국물에 빵을 찍어 먹는 모습이란……. 지금 생각해도 참 웃
기지만, 그리운 광경이다.

혼자 있는 시간에는 근처 한인교회에서 빌린 어쿠스틱 기타를 치며
시간을 보냈다. 그렇게 연습한 곡들로 친구들과 함께하는 파티에서 노래
를 불러주기도 했다. 가끔은 근처 공원에서 버스킹을 했다. 친구들과 과하
게 어울려 노느라 생활비가 뚝 떨어질 때에만 주로 했지만, 오클랜드의 청
량한 공기를 마시며 노래하는 그 느낌이 좋았다. 가슴 저 깊은 곳까지 청
량한 공기로 가득 채워지는 것 같았다. 음악을 떠나기 위해 온
곳이었지만, 여전히 음악과 함께했던 의미 있는 시
간들이었다.

눈을 감으면 지금도 오클랜드 항구가 떠오른다. 항
구에는 레스토랑과 카페들이 쭉 늘어서 있었다. 해질녘이
면 혼자서 오클랜드 항구를 거닐곤 했다. 그러다 아
무 카페나 들어가 석양이 물든 바닷가를 한참 동안 바
라보며 더없이 행복해했다. 그 모든 순간, 그 모든 시간
은 참으로 풍요로웠다.

비록 군 입대 문제와 아버지 사업이 어려워져서
채 1년을 못 채우고 한국으로 돌아왔지만, 오클랜드
의 그 모든 것은 내 머릿속에서 아름다운 기억으로 자
리 잡았다. 한국으로 돌아와 대학을 가겠다고 시작한 수

험 생활이 팍팍할수록 더 그리워지는 마음속의 고향 같은 곳이다. 지금도 마음대로 일이 풀리지 않거나 무언가 나를 답답하게 만들 때, 오클랜드에서 보냈던 시간들이 떠오른다. 유난히 파랗던 하늘과 바다, 청량한 공기, 유쾌했던 친구들, 문득문득 찾아오는 외로움을 달래주었던 싸구려 어쿠스틱 기타. 그리고 모든 것이 새로웠던 첫 여행길의 설렘까지도. 가끔 살면서 무언가 서러운 마음이 들 때 그곳을 떠올리면 위로받을 수 있었다.

언젠가는 오클랜드에 꼭 다시 갈 것이다. 10년이 지난 지금 오클랜드는 그때와 많이 달라져 있겠지만, 그곳에 가면 호기심 가득하던 스무 살의 내가 기다리고 있을 것만 같다.

내가 부르는 노래가 온전하게 내 것이 되는 순간이 있다.
그 순간의 기분을 어떻게 표현해야 할지는 도저히 모르겠다.
어쨌든 그때부터는 그 노래를 부를 때
더 이상 멜로디나 가삿말에 몰입하려고 애쓰지 않아도 된다.

음악의 아웃사이더

대학생활은 따분했다. 음악을 포기하고 어렵게 경영학과에 입학했지만, 내 마음은 늘 다른 곳에 가 있었다. 툭 하면 수업을 빼먹었다. 같은 학번이었지만, 또래들보다 나이가 많다는 이유로 맡은 과대표 일도 귀찮기만 했다. 당연히 학점도 엉망이었다.

'이럴 거면 대학을 왜 왔을까?'

한국에 돌아와서도 여전히 음악을 시작하는 게 막막하고 두려웠다. 그 당시 집안 형편이 더 어려워져서 어린 마음에도 불안정한 음악을 하기보다는 취업을 해서 돈을 벌어야겠다는 마음이 컸다. 그래서 취직에 유리할 것 같은 경영학과를 선택했고, 그렇게 대학에 들어왔다.

내 몸은 대학에 있었지만, 마음은 늘 허공을 떠돌고 있었다. 몸과 마음이 점점 이단 분리되는 느낌이었다. 결국 나는 1학년을 마치고 군대를 도피처 삼아 또다시 달아났다.

입대를 하고 어느덧 병장이 되었을 무렵이었다. 제대 후에 갈 길을 고민하다가 노래를 제대로 배워보고 싶다는 생각이 들었다. 보컬 레슨을 받을 곳을 찾던 중, 어느 기획사에서 운영하는 보컬 아카데미에서 노래를 배우게 되었다. 3개월 정도 레슨을 받았을 무렵, 그곳에서 뜻밖의 제의를 받았다. 연기를 가르쳐줄 테니 뮤지컬을 해보는 게 어떻겠느냐는 것이었다. 딱히 뭘 해야 할지도 몰랐고, 재미있겠다는 생각도 들어 적극적으로 뛰어들었다. 꽤 흥미 있었다. 내 나름대로 케이블 시트콤 단역, 한예종 영상원 단편영화, 창작 뮤지컬을 하며 커리어를 만들어나갔다.

그렇게 2년 정도 어설프게나마 배우로 연기 활동을 하던 어느 날이었다. 같은 뮤지컬에 출연하는 선배가 즉흥연기 수업을 하다 흥분한 나머지 나를 시멘트 바닥에 내동댕이쳐 버리는 사건이 일어났다. 오른쪽 팔꿈치부터 어깨 바로 밑까지 뼈가 부서지고 신경이 손상되는 큰 사고였다. 아마도 겨울이라 몸이 굳어 있던 탓에 더 심하게 다쳤던 것 같다. 그 수업에 참여했던 선생님과 학생들의 표정이 아직도 눈에 선하다. 아마 코끼리를 처음 본 조선시대 사람들이 그런 표정이지 않았을까?

밀려오는 아픔에 정신이 혼미한 상태로 구급차에 실려 병원에 도착했다. 곧이어 사고 소식을 접한 부모님께서 병원으로 헐레벌떡 뛰어들어 오

셨다. 엄마가 그렇게 많이 우시는 건 처음 봤다. 아무렇지 않은 척하시던 아버지도 연신 한숨을 쉬고 계셨다. 내가 지금까지 벌인 일 중에 가장 큰 불효였다.

그 사고로 팔 신경이 손상되어 엄지손가락을 전혀 움직이지 못했다. 하나뿐인 아들이 장애인이 될지도 모른다는 사실에 부모님의 마음은 무너져 내렸다. 그러나 감사하게도 손상되었던 신경은 무사히 회복이 되었고, 오른쪽 팔에 철심을 박고 사는 걸로 내 인생 가장 큰 사고는 그렇게 훈훈하게(?) 마무리되었다.

그해 나는 두 번의 죽을 고비를 넘겼다. 그 사고가 있기 전 여름, 기획사 보컬 선생님과 동료 배우와 함께 차를 렌트해서 지방에 다녀오던 길이었다. 몇 킬로미터 전방에 천안 톨게이트라는 이정표가 보일 즈음 밟고 있던 액셀러레이터가 푹 들어가더니 올라오지를 않았다. 운전을 하던 나는 물론, 동승했던 사람들 모두 공포로 얼굴이 새파랗게 질렸다. 사이드 브레이크를 채우고 페달 브레이크를 부러질 듯 밟아도 차는 멈출 생각을 하지 않았다.

'이렇게 꼼짝없이 죽는 건가……'

당시 이런 생각뿐이었다. 옆자리에서는 112, 뒷자리에서는 119에 전화를 걸어 다급하게 신고를 했다. 영화 〈스피드〉처럼 아슬아슬한 곡예 운

전을 하고 있던 찰나, 모든 상황을 파악한 119 상담원의 다급한 목소리가
들려왔다.

"지금 운전 중인 차량이 LPG 차량인가요?"

나의 대답을 기다릴 새도 없이 곧이어 말했다.

"LPG 가스 차단 버튼이 있을 테니 찾아서 누르시면 차가 멈출
거예요!"

갓길 쪽으로 차선을 바꾸어 간신히 가스 차단 버튼을 누르고 차를 세
웠다. 정신을 차려보니 천안 톨게이트는 불과 1킬로미터 앞에 있었다. 마
치 10시간 같았던 그 10분이 지나고, 차에서 내린 후 들이마시는 고속도
로의 공기가 그처럼 신선하고 감격스러울 수가 없었다. 나중에 정비소에
서 들은 이야기이지만, 만약에 휘발유 자동차였다면 벽에 부딪히거나 차
가 뒤집히지 않는 한 세울 수 있는 방법은 없다고 한다. 지금 생각해도 아
찔하다.

한 해에 두 번의 큰 사고를 겪고 나니 많은 생각이 들었다. 물론 수술
한 오른팔이 회복되는 3개월 동안, 먹고 자고 가만히 누워서 생각하는 것
말고는 딱히 할 일도 없었다. 그때, 내 머리 속에서 가장 강하고 묵직한 느

낌으로 울리는 소리가 있었다.

'내일 아침에 눈을 뜰 수 있을지 확신이 없다면 오늘은 하고 싶은 걸 하자.'

내가 하고 싶었던 일을 피해가려고 하니까 그런 일들이 생기는 건 아닌가 하는 생각마저 들었다. 그때 지독하게 나를 앓게 했던 고민들은 지금의 내 모습과 단단하게 연결되어 있다. 두 번의 큰 고비를 넘기고 나니 세상에 못할 일이 없을 것 같았다. 힘든 시간들을 버텨본 사람들만이 아는 게 있다. 그 힘든 시간들이 지나고 나면 엄청난 자신감과 용기가 생긴다는 것을……

어느덧 상처가 아물고 재활치료도 끝이 났다. 그리고 나는 오랫동안 묵혀뒀던 기타를 꺼내 곡을 쓰기 시작했다. 그동안 잘 모르고 어렵다는 핑계로 방법을 찾아볼 생각조차 하지 못했던 음악. 지독히도 하고 싶었지만 어떻게 시작해야 될지 몰라 오랜 시간 아웃사이더처럼 음악의 주위만 빙빙 맴돌았다. 스물다섯 살, 두 번의 번개가 내리친 후에야 나는 그렇게 음악의 중심으로 첫발을 내디뎠다.

너를 노래해

때로는 시간의 위대함에 감탄을 하게 된다. 멈추지 않을 것만 같던 통증도 시간이 갈수록 하루하루 약해진다. 언제 끝날지 모르는 막연함도 하루하루 시간이 갈수록 사라져 뭔가를 해야겠다는 생각이 점점 뚜렷해진다.

사고를 당해 3개월 동안 집에서 누워 지내면서 키 182센티미터의 나는 59킬로그램의 몸이 되었다. 배우 활동을 할 때는 나름 꾸준히 운동을 해서 72킬로그램 정도의 몸무게를 유지했다. 한순간에 시든 나뭇가지처럼 푸석하고 앙상한 내 모습을 거울에 비춰볼 때마다 괴로웠다.

통증이 너무 심해서 진통제를 먹어도 나아지질 않아 잠도 제대로 못 자는 탓에 신경은 예민해질 대로 예민해져 있었다. 목욕은 물론 밥 먹는 것조차 혼자서 할 수 없게 되니 자존감 또한 바닥이었다. 처음에는 장애인이 되지 않은 것만으로도 감사하다고 생각했는데, 점점 내 처지와 누군가

를 원망하는 마음만 커져갔다.

그래도 시간이 약이었다. 영원히 지속될 것 같던 통증도 서서히 가라
앉고, 왼손도 제법 익숙하게 사용할 수 있게 되었다. 덕분에 밥을 먹거나
세수를 하는 간단한 일상생활을 스스로 할 수 있게 되었다. 원망과 미움으
로 가득했던 마음도 차츰 평온해져갔다. 영화를 보고 책을 보는 시간도 늘
어났다. 나 스스로에 대해 생각해보는 시간도 많아졌다.

　　나의 1집 앨범에 실린 대부분의 곡들은 그 시기에 내가 경험한 것들을 담고 있다. 내가 본 영화나 책, 내가 만났던 연인 혹은 친구들, 그렇게 찬찬히 되짚어본 나의 삶…….

　　타이틀곡이었던 '너를 노래해'는 장진 감독의 〈아는 여자〉라는 영화에서 영감을 얻었다. 누군가를 짝사랑하는 마음을 창밖의 달을 통해 수줍게 고백하는 내용의 곡이다.

　　그 영화를 보던 날 밤, 내 방 창가로 보이는 달이 유난히도 밝았다. 영화가 끝나고 내 마음에 남겨진 여운과 그날의 달빛이 만들어낸 달콤함이 가사와 멜로디에 그대로 담겨졌다. '너를 노래해'는 처음으로 나 스스로 가사와 멜로디를 완성시킨 작품이다. 상처가 아물고 마음이 평온해지니 아마도 누군가와 사랑을 하고 싶은 마음이 마구 샘솟았나 보다.

　　'너를 노래해'가 완성된 후에 신기하게도 계속해서 곡이 만들어졌다. 작곡이나 편곡에 대한 지식도 없었고 내가 연주할 수 있는 기타 코드도 많지 않았지만, 내가 표현할 수 있는 범위 안에서 멜로디와 가사들을 소박하게 만들어갔다. 친한 형의 도움을 받아 그렇게 만들어진 4~5곡의 곡으로 데모 CD를 만들어 몇 군데의 홍대 클럽에서 오디션을 봤다.

　　나의 첫 데뷔 무대는 클럽 '타'였다. 아버지와 친구 두세 명 말고는 관객도 페이도 없었던 평일 저녁 버스킹 공연이었지만, 나는 마치 거창한 페스티벌 무대에라도 서게 된 것 마냥 잔뜩 긴장했다. 실수투성이의 엉망진창 라이브, 그래도 행복했던 나의 첫 무대였다.

인생의 어두운 나락에 빠졌다가 올라와 보니 예전에 내가 바라보던 것과는 다른 세상이 펼쳐졌다. 내 주변 사람들, 내가 가진 것들이 너무도 소중했고 감사했다. 무엇보다 음악을 대하는 나의 태도가 더욱 절실해져 있었다.

박솔 1집 〈The Song Is You〉는 모든 것이 소박했던 그 시절의 풋내 나는 일기장이다.

Sounds Of The Universe

솔로 1집을 발표하고 난 후 2011년

어쩌면 그때부터 솔루션스는 시작되었던 것 같다.

당시 몇몇 클럽에서 공연을 하면서 앨범을 홍보하고 있던 나는 팬들의 후원을 받아 인디뮤지션의 앨범 제작을 지원해주는 'Support Your Music' 프로젝트에 선정되었다. 그리고 새로 나올 EP 프로듀서로 나루 형을 처음 소개받았다. 나루 형은 탁월한 뮤지션이었다. 독창적인 기타 플레이는 물론, 편곡과 사운드에 대한 이해도 남달랐다. EP를 같이 작업하는 내내 신선하고 즐거운 충격을 받았다. 태어나서 처음으로 사람에 대한 욕심이 생겼다.

사실 활동을 하면 할수록 점점 밴드를 하고 싶다는 생각이 강하게 들었다. 솔로로 활동을 하면서 여러 가지로 속앓이도 많이 했고, 내가 의도

했든 아니든 뮤지션 박솔의 이미지가 자꾸 어쿠스틱으로 굳어져가는 것도 싫었다. 앨범 작업이 끝나갈 무렵에 넌지시 나루 형에게 물었다.

"형, 우리 같이 곡 작업 한번 해볼까?"

형과 내가 좋아하는 음악 취향이 많이 닮았기도 했고, 형은 밴드에서 기타리스트를, 나는 프론트맨을 꿈꾸었다. 우리가 함께하면 서로에게 좋은 시너지를 줄 수 있다고 생각했다. 나루 형은 흔쾌히 나의 제안을 받아들였다. 나의 EP인 〈TURN〉 발표 이후, 우리는 대흥동 작업실에서 솔루션스의 태동을 준비하기 시작했다.

'Sounds Of The Universe'

솔루션스가 세상에 내어놓은 첫 번째 결과물이다.

둘이 처음 만나서 곡을 쓰기 시작할 때는 블루지한 느낌의 곡부터 펑크록까지, 정말 다양한 스타일의 곡이 나왔다. 애초에 '재미있는 거, 우리가 좋아하는 거 하자'는 이야기 외에는 어떤 콘셉트도 잡지 않았다. 그냥 마치 재미있는 게임을 하듯이 계속해서 곡만 써댔다. 그러다 어느 순간 느낌이 왔다.

'아! 우리 둘이 제대로 합쳐지니까 이런 곡들이 나오는구나!'

'Sounds Of The Universe'와 'Talk, Dance, Party For Love'가 바로 그렇게 만들어진 곡들이다. 우리가 듣기에도 완전히 새롭고 신선한 느낌이었으니, 듣는 사람들은 더 하지 않았을까? 지금도 솔루션스 하면 사람들 머릿속에 가장 먼저 떠오르는 곡일 것이다.

너바나, 라디오헤드, 오아시스, 블러……. 어린 시절 즐겨들었던 음악 속 뮤지션들이 나의 음악 인생에 지대한 영향을 끼친 건 맞지만 가장 가까운 곳에서 직접적인 영향을 준 사람은 바로 나루 형이다. 곁에서 지켜본 형은 학자 같은 스타일이었다. 음악을 대하는 진중한 태도뿐만 아니라 모든 일에 공부하고 연구하는 마음으로 임한다. 물론 본인에게는 모두 즐거운 놀이일지도 모르겠지만, 아마도 몸에 밴 형의 그런 습관들이 모두가 인정하는 '모던 영재'로 성장시킨 것이라고 생각된다.

솔루션스 활동 초기에는 그런 형의 존재감 때문에 자존심이 상하기도 했다. 곡의 주된 멜로디 라인들을 만들고 여러 가지 아이디어들을 제시하며 듀오로서 나름 나의 역할을 충실히 하고 있다고 생각했다. 그런데 주변에서는 늘 '역시 나루야'라는 이야기만 들려왔다. 형의 탁월한 연주와 편곡 센스로 우리의 곡을 더욱 솔루션스답게 만든 것은 사실이다. 형의 능력을 인정하지 않는 것은 아니었다. 다만 내가 형에게 그저 묻어가는 보컬로 비춰지는 것 같아 속상했다.

조금 유치하긴 했지만, 그런 것들이 나에게 자극이 되어 더 좋은 보컬, 영향력 있는 프론트맨이 되기 위해 노력했다. 그 시간들이 쌓여 어느새

'성장의 기쁨'이라는 소중한 경험을 맛보게 되었다. 그렇게 나루 형은 나의 음악 인생에 '노력과 성장'이라는 중요한 것을 알게 해준 사람이다.

지금 우리는 또 한 번의 진화를 준비하고 있다.

데뷔 초부터 함께해온 베이스 오경이 형과 드럼 한솔이가 정식 멤버로 합류하면서 밴드의 합을 위해 많은 것을 조율해나가고 있다. 나루 형과 듀오로 활동할 때는 의사결정에서 내가 한 발 물러날 때가 많았다. 나루 형이 리더였고, 둘이 너무 팽팽하게 맞서게 되면 그동안 잘 유지해왔던 균형이 와르르 무너질 수도 있기 때문이었다.

유럽 투어 리에주 공연을 마치고 파리 숙소로 왔을 때의 일이다. 오경이 형과 한솔이는 파리의 밤을 구경하고 싶다며 밖으로 나가고, 숙소에 나와 나루 형 둘만 남았다. 참 오랜만에 나루 형과 둘이서 음악에 대해, 밴드에 대해 진지하게 이야기를 나누었다. 꽤 오랜 시간 동안 눈치 보거나 감추는 것 없이 서로의 속마음을 허심탄회하게 털어놓았다. 우리에게 필요한 것들이 무엇인지, 앞으로 솔루션스가 어떻게 흘러가야 할지 다시 한 번 생각해볼 수 있는 시간이었다. 4인조 솔루션스가 탄생하는 순간이었다.

4인조 솔루션스의 탄생, 우리는 이제 둘이 아닌 넷이서 더욱 많은 이야기를 나누고 있다. 4인조 밴드가 되고 나서 나와 나루 형의 어깨에 짊어지고 있던 무게가 조금 가벼워졌다. 물론 둘이서 손쉽게 결정하고 진행하던 일들을 넷이서 하려니 조금은 번거롭고 복잡해진 면도 없지 않다. 하지만 그 과정에서 우리는 대화하고 타협하는 방법을 배워가고 있다. 4인조 솔루션스가 완벽하게 체계를 갖추어나가려면 아직 많은 시간이 필요하다. 그 속도가 비록 더딜지라도 네 명의 멤버가 같은 방향을 바라보고 함께 간다면 지금보다 훨씬 더 멋진 밴드가 될 것이다.

우리는 그렇게 조금씩 성장해가고 있다. 우리가 성장하는 과정이 앨범으로 발표되고 기록으로 남는다. 앨범은 밴드의 현재를 담는 기록이자 멤버 개인의 역사를 담는 일이기도 하다. 멤버 모두 자신의 역할에 충실하면서 서로에게 창작을 위한 좋은 자극이 되어준다면, 그보다 더 이상적인 밴드는 없을 것이다.

정말 감사하게도 나는 지금 그런 밴드에서 소중한 사람들과 함께 음악을 하고 있다. 나와 동료들이 매순간 같은 마음으로 행복하게 연주할 수 있다면 좋겠다. 그렇게 될 수 있도록 나는 항상 최선을 다할 것이다.

한층 더 진화해가는 우리의 모습을 보면서 나는 솔루션스의 다음 앨범이 무척이나 기대된다.

앨범 타이틀에 따라 밴드의 운명이 결정되는 듯하다.
1집 〈The Solutions〉 때는 어떻게 해결해야 할지 모르는 과제들을
풀어나가느라 정신이 없었고, 2집 〈Movements〉 활동 당시에는
일본, 태국, 유럽, 미국 등 여러 나라를 돌며 참 부지런히 많이도 움직였다.
Ep 〈No Problem!〉으로 활동 중인 요즘은 정말 별다른 걱정이 없다.
걱정할 상황이 없다기보다는 이제 그만큼의
여유와 순발력이 생겼다는 것이 아닐까.
그런 이유에서 다음 앨범의 타이틀이 심히 고민되는 요즘이다.

Lovers in 유럽

　　겨울을 별로 좋아하지는 않지만 12월은 유난히 설렌다. 시작과 끝이 맞닿아 있는 12월에는 왠지 좋은 일이 일어날 것만 같다.

　　그 설렘에 보답이라도 하듯 작년 10월, 솔루션스의 A&R(솔루션스 제5의 멤버라고도 불리는) 동준이에게 귀를 의심할 만한 소식을 들었다. 오는 12월에 한국콘텐츠문화진흥원의 지원으로 프랑스 일렉트로닉 듀오 메이크 더 걸 댄스Make The Girl Dance와 콜라보 공연이 이루어지면서 유럽 5개국 6개 도시의 투어 공연이 결정되었다는 것이다. 그해 이미 일본과 태국 등의 해외 공연을 경험하긴 했지만, 유럽 투어는 더욱 남다른 설렘으로 다가왔다. 불과 며칠 전만 해도 음악으로 채워나가는 우리의 일상은 느리게, 느리게 움직이는 것 같았다. 일상의 느림이 쌓이다 보면 예기치 못한 변화가 생기기도 하나보다.

모스크바는 파리로 가는 경유지였다. 이왕 모스크바에 내리는 김에 공연도 하자는 취지에서 조금은 급하게 공연을 준비했다. 길고도 지루했던 비행기 안에서 영화나 고전 문학 속에서만 접하던 모스크바는 과연 어떤 모습, 어떤 느낌일지 상상해보았다. 붉은 광장 위로 매서운 바람과 함께 흩날리는 눈, 그리고 그 눈발 속을 우아하게 거니는 팔등신 미녀들이 떠올라 괜히 흐뭇한 미소가 지어졌다.

그러나 모스크바 공항에 도착하자마자 나의 달콤했던 상상은 단번에 산산이 조각났다. 우리를 기다리고 있는 것은 현지 퇴근 시간과 맞물린 교통 체증 때문에 자동차가 아닌 지하철로 공연장까지 이동해야 한다는 충격적인 소식이었다. 여섯이서 13개가 넘는 악기와 짐(심지어 그 중 2개의 짐은 무게가 30킬로그램에 육박했다)들을 온몸으로 짊어진 채 이동해야 했다.

금방이라도 붕괴될 것처럼 낡아 보이는 모스크바 지하철을 두 번 환승하고도 30여 분을 걸어 겨우 공연장에 도착했다. 우리 모두 모스크바의 겨울이 무색할 정도로 땀범벅에 녹초가 되어 있었다. 언제나 긍정적이고 매순간을 즐기려고 애쓰는 막내 한솔이가 하소연하듯 말했다.

"형, 나 군대 다시 온 거 같아요."

공연장에 도착하자마자 서둘러 리허설을 마치고, 차갑게 식은 피자

조각을 우걱우걱 입 안으로 밀어넣으며 허기를 달랬다. 대기실에 앉아 멤버들을 보니 다들 눈이 퀭한 것이 이미 유럽 투어를 마친 듯한 표정이었다. 모스크바는 뒤늦게 결정된 공연이라 홍보도 제대로 못했기 때문에 관객이 많이 올 것이라는 기대는 전혀 하지 않았다. 그저 공연을 어서 끝내고 빨리 쉬고 싶다는 생각뿐이었다.

아, 그런데 무대 앞에 놀라운 광경이 펼쳐졌다. 작은 규모의 공연장이었지만 러시아 전역에서 온 40여 명의 관객들이 객석을 가득 메우고 있었다. 공연장이 작아 그날 온 팬들이 모두 입장하지 못하고 돌아간 팬들도

많았다고 한다. 우리가 무대 위로 등장하자 그들은 두 눈을 반짝이며 우리를 환호했다. 우리는 언제 그랬냐는 듯, 무대 위에서 뜨거운 'Tonight'을 만들었다.

30~40분가량의 짧은 공연이었지만, 그날 밤의 공연은 앞으로 있을 우리의 더욱 멋진 공연을 알리는 신호탄 같았다. 12일이라는 짧은 일정 동안 우리는 프랑스로, 벨기에로, 네덜란드로, 독일로 종회무진하며 새로운 역사를 써나갔다.

아직도 기이한 느낌으로 특별하게 기억되는 벨기에 브뤼셀 공연. 공

연장은 낡은 건물 3층에 있는 한국인 화가가 운영하는 작은 아틀리에였다. 우리는 그곳에서 간소한 음향 장비와 드럼세트를 설치한 어쿠스틱 공연을 펼쳤다. 어두운 조명과 벽을 둘러싼 그림들이 묘한 분위기를 만들어내며 연주를 하는 우리와 지켜보는 관객들을 모두 다른 차원의 세계로 데려다주었다. 브뤼셀 아틀리에 공연에는 유럽 투어 중 두 번째로 많은 관객이 왔다. 아틀리에에서 작품 활동을 하는 현지 화가들도 관객들과 한데 섞여 우리의 공연을 즐겼다. 우리는 오래 전부터 그곳에서 공연을 해왔던 사람들처럼 자유롭게 모든 것을 쏟아냈다. 그곳에 모인 관객들 모두가 아티스트가 되어 우리 음악에 맞춰 춤을 추고 노래를 불렀다.

공연이 끝나고 우리는 아틀리에의 아티스트들과 함께 뒤풀이를 했다. 화랑이 떠나갈 듯 음악을 크게 틀어놓고 술에 취해 춤을 추었다. 아틀리에 한 켠에서는 공연을 즐겼던 현지 화가들이 솔루션스의 현수막에 멋진 그래피티도 그려주었다. 그 모든 것이 마치 소설 속의 한 장면처럼 느껴졌다. 눈앞에서 폭죽이 터지는 것처럼 황홀한 기분이었다.

유럽 투어는 많은 선물을 안겨주었다. 악조건 속에서도 최선을 찾아나가는 방법을 알려주었고, 네 명의 솔루션스가 더욱 끈끈하고 단단해질 수 있는 시간을 만들어주었다. 아직 느끼고 경험하지 못한 무궁무진한 세상에 대한 호기심과 기대를 품게 해주었다. 무엇보다 가장 큰 선물은 멀고 낯선 땅에서 우리를 반겨주고 사랑해주었던 유럽의 팬들이었다.

마이애미의 여름밤

또다시 공항 로비에 앉아 있다.

긴장감과 설렘이 번갈아가며 가슴을 친다.

이번에는 미국 마이애미다. 2014 서울 국제뮤직페어 뮤콘을 통해 인연을 맺은 지미 더글러스를 만나러 가는 길이다. 그가 솔루션스의 음악을 직접 프로듀싱 해보고 싶다고 제안을 해왔고, 우리는 데모 곡을 들고 미국행 비행기에 몸을 실었다. 그곳에 가면 즐거운 일만 가득할 것만 같은, 유난히 들뜬 기분으로……

자랑을 조금 하자면 지미 더글러스는 카니예 웨스트, 레드 제플린, 존 레전드, 롤링 스톤스, 제이지, 패럴 윌리엄스 등 유명 아티스트와 작업한 세계적인 프로듀서이자 그래미상 수상자이다. 그가 우리 음악에 관심을 보였다니, 영화에서나 일어날 법한 일이다. 색다르고 즐거운 작업이 될 것이란 기대감에 멤버들은 모두 들떠 있었다.

오랜 시간의 비행 끝에 도착한 마이애미의 날씨는 환상적이었다. 새파란 하늘과 줄지어 늘어선 야자수들, 절로 유쾌해지는 분위기는 덤이었다. 카메라를 어디에 갖다 대고 찍든지 화보 같았다.

지미 더글러스의 스튜디오에 도착하자 그는 특유의 사람 좋은 미소로 우리를 반겨주었다. 솔루션스의 음악은 그가 주로 해온 스타일과는 거리가 좀 있었지만, 그는 우리의 음악에 호기심을 갖고 친절하게 대해줬다. 동양에서 온 밴드가 어떻게 이런 소리를 구현해내는지 많은 질문을 했다. 우리끼리 엎치락뒤치락 하며 골머리를 앓던 편곡상의 문제도 그와 함께 의견을 나누다보니 시원하게 실마리가 풀렸다. 사실 앨범 타이틀곡 '러브 유 디어Love You Dear'를 작업하던 중 간주 부분이 조금 급하게 마무리되는 것 같아서 이래저래 고민을 하다 결국 처음 작업했던 것보다 네 마디를 더 늘리는 방향으로 수정했다. 그런데 지미가 그 부분을 유심히 듣더니 우리에게 제안을 했다.

"거긴 좀 더 심플하게 가면 어때?"

"너희 라디오 플레이 안 할 거야? 녹음은 이렇게 짧게 가고 길게 늘인 버전은 라이브 할 때 하면 되지 않아?"

애초에 그런 방법을 생각하지 못한 것도 아니었지만, 너무나도 당연한 듯 명쾌하게 방향을 제시해주는 지미 덕분에 우리는 속 시원하게 결정을 내릴 수 있었다. 그는 스튜디오에서 녹음하고 믹스하는 내내 즐거운 분위기를 만들어주었다. 며칠째 반복해서 듣는 똑같은 음악인데도 그의 어깨춤은 멈출 줄을 몰랐다. 지쳐 보이는 멤버에게는 유쾌한 농담도 건네면서 시종일관 스튜디오 현장을 밝은 에너지로 유지했다.

그동안 치열하게 작업해왔던 우리는 그에게서 '분위기를 즐기며 전체 그림을 보는 법'을 배웠다. 명쾌하게 문제점을 짚어내고 해결점을 찾아가는 노하우는 아마도 오랜 경험과 더불어 낙천적이고 여유로운 성격에서 비롯된 것이 아닐까. 어쨌든 그렇게 지미 더글러스의 매직 믹스 스튜디오 Magic Mix Studios (스튜디오의 이름마저 멋지지 않은가!)에서의 작업은 일사천리로 진행됐다.

정말 오랜만에 작업이 아닌, 음악을 하는 느낌을 받았다. 나는 지미 더글러스를 통해 돈으로는 절대 환산할 수 없는 가치인 '음악을 대하는 마음가짐'을 배웠다. 우리는 그를 만나기 전, 뛰어난 재능과 기술도 무색하게 만들어버릴 수 있는 가장 본질적인 것을 놓치고 있었던 것이다.

지미와 함께했던 마이애미에서의 일주일은 까맣게 잊고 있었던 가장 중요한 것을 되새기게 하는 아름답고 가치 있는 수업이었다.

'내가 음악을 시작하게 된 이유', 바로 그것을 알게 된 시간이었다.

아무것도 하지 않은 날은 마음이 심히 불안하다.
늦게라도 작업실에 나가서 연습을 하거나
일에 관련된 생각들을 하고 나서야 조금 편안해진다.
이게 병인 듯싶고 고쳐봐야지 하면서도 이렇게 사는 게 재밌는 걸 보니
애초에 내가 그렇게 생겨먹었나보다.

Stage

나의 첫 무대를 또렷하게 기억한다.

고등학교 때 CCM 밴드부로 활동했던 나는 서울여고 기독교 동아리 축제에 초대를 받아 마이크를 잡게 됐다. 선배들의 공연에 앞서 오프닝을 여는 단 한 곡만을 부르는 공연이었지만 내 생애 첫 라이브 무대였다.

무대에 오르기 전부터 시작된 긴장은 마이크를 손에 쥐자마자 더욱 나를 괴롭혔다. 조명은 없었지만 밝은 조명이 있는 듯 눈앞이 하얗게 번져 아무것도 보이지 않았다. 이미 내 눈의 초점은 갈 곳을 잃은지 오래였고, 모든 신경은 내 손에 쥔 마이크로 쏠렸다. 덜덜 떨리는 손을 진정시키려 애만 쓰다가 나의 첫 무대는 그렇게 끝나버렸다.

그런데 참 이상했다. 마이크를 쥐었던 손이 저릴 정도로 긴장하고 떨렸는데 그 느낌이 싫지 않았다. 다음 노래를 부를 선배에게 마이크를 건네

주고, 무대 위에서 선배가 노래하는 모습을 보면서 강한 충동을 느꼈다.

'아, 저 마이크 다시 뺏고 싶다.'

사람들 앞에서 노래를 부른다는 것에 처음으로 희열을 느꼈던 순간이다. 무대 위에서 느끼는 감정은 중독되기 쉽다. 그리고 그것 때문에 무대를 포기하지 못하게 된다.

밴드 콜드플레이의 보컬 크리스 마틴이 노래하는 모습을 보고 있으면 참 행복해 보인다. 무대의 주인공이 행복해 보이니까 그걸 보는 사람도 행복해진다. 무대 위의 아티스트는 같은 공간에 있는 관객들에게 자신의 감정을 전염시킬 수 있는 힘을 지니고 있다. 행복하고 즐거운 감정이든 불안하고 우울한 감정이든……. 무대 위에서 아티스트가 자신의 것을 뿜어내는 순간, 그 에너지는 정말로 삽시간에 퍼져나간다. 그런 면에서 크리스 마틴은 밴드 프론트맨으로서 내가 사랑할 수밖에 없는 아티스트다.

예전에 나는 단순히 노래를 잘하는 것에만 집중했다. 솔루션스의 곡은 노래를 잘하지 않고서는 라이브로 수십 분씩 소화해내기 힘들다. 그래서 개인 레슨을 받아가며 노래에 더욱 집중했다. 라이브가 조금씩 편안해지면서 그동안 보지 못했던 것들이 눈에 하나둘씩 들어왔다.

무대 위에서 연주하는 멤버들, 우리를 바라보는 관객들의 표정과 호흡. 그 모든 것이 하나하나 새롭게 다가왔다. 나의 감정을 전달하고 감동

을 주는 것에 대한 고민도 그때부터 시작되었다. 물론 그것을 위해서는 조명을 비롯한 무대연출, 퍼포먼스, 적절한 편곡 같은 많은 요소가 필요하다. 하지만 무엇보다 중요한 건 꾸미지 않은 진짜 연기였다. 내가 부르는 노래의 감성을 정확하게 인지하고 몰입해서 나의 호흡과 표정, 손짓, 움직임 하나에도 표현하고자 하는 것들을 솔직하게 담아내어 전달하는 진짜 연기 말이다.

'Nothing's Wrong' 'Your One' 같은 이별의 아픔을 노래할 때면 나는 정말로 실연당한 마음으로 노래한다. 누군가에게 용기를 주고 힘을 북돋아주는 'Sailor's Song'이나 'Sing And Flow' 같은 노래를 부를 때는 최고의 치어리더가 된다. 내가 온전히 나의 노래를 표현해낸다면, 화려한 무대 장치가 없어도 관객들은 충분히 감동할 것이라 믿는다.

하지만 나의 감정을 관객들에게 강요하고 싶지는 않다. 각자 자신이 처한 상황에서 자신의 감정에 따라 우리의 노래를 받아들이면 그걸로 충분하다. 다만 그 중에 단 한 명이라도 나의 목소리로 위안을 받고 행복을 느끼고, 하루를 살아갈 수 있는 힘을 얻고 돌아간다면 그보다 감사한 일은 없을 것이다.

솔루션스는 무대 위에서, 그리고 관객들은 무대 아래에서 끊임없이 에너지를 주고받으며 같이 호흡하려고 한다. 이런 호흡은 사랑하는 친구나 연인처럼 일방적일 수 없다. 함께 만들어가야 한다. 이 관계 속에서 우리는 앞으로도 함께 울고 웃으며 멋진 이야기들을 만들어나갈 것이다.

고등학교 때부터 장래희망은 언제나 뮤지션이었고,
나는 꿈을 이루었다.
이제 나는 그 꿈 안에서 가능한 한 오래오래 살아가면 된다.
'성공한 뮤지션'이 장래희망이 아니라서 참 다행이다.

THE SOLUTIONS

Part 2 나루

Jungle In Your Mind

레코드 가게

1990년대 학창시절을 보낸 내 또래의 록 키즈라면 레코드 가게에 대한 추억 하나쯤은 있을 것이다. 나에게 레코드 가게는 천국이었다. 음반을 구해 밤새도록 듣고 가사집을 보는 게 학창시절 나의 큰 행복이었다. 주인 아저씨, 아주머니와 친분을 유지하며 좋아하는 가수의 앨범 발매일에 맞춰 하굣길에 레코드 가게에 들렀던 추억.

나는 우연히 좋은 음악을 접하게 되면 장르를 가리지 않고 몰두했다. 그 덕에 다양한 음악을 접하면서 이해의 폭을 넓힐 수 있었고, 지금 내가 하고 있는 음악에 자양분이 되었다. 그 시절, 그때의 내 습관에 감사한다.

하굣길에 항상 들르던 단골 레코드 가게의 문을 열고 들어서면 늘 좋은 향기의 음악이 나를 반겼다. 가전제품과 식재료를 판매하는 어수선한 상점 한가운데 자리한 레코드 가게는 마치 사막에 숨겨진 오아시스 같았

다. 불쑥 나타나 CD를 꼼꼼히 살펴보던 내게 어느 날 주인아저씨는 갸우
뚱거리며 이렇게 물었다.

"이 가수가 누군지는 알고 듣는 거니?"

아저씨 눈에는 중학생 꼬마의 음악 취향이 꽤나 신기했었던 것 같다.
나는 어깨 너머로 듣는 것에 멈추지 않고 스스로 음악을 찾아 들었다.

늘 좋은 음악을 놓칠세라 라디오 앞을 사수했고 용돈을 차곡차곡 모아 음반을 구입했다. 카세트테이프에 인기가요를 녹음해 친구들과 돌려 듣는 것이 유행이던 그 시절, 나는 소니 워크맨의 로망과 MP3플레이어의 생경함 사이에서 방황하던 세대였다.

레코드 가게에서 흘러나오는 노래들은 날 자극하기 일쑤였고 케이블채널, 라디오, 잡지는 나의 음악 선생님이었다. 지금처럼 인터넷을 통해 좋아하는 노래를 언제 어디서나 들을 수 있는 시대가 아니었기에 더욱 간절했다.

미지의 세계를 찾아가는 탐험가처럼 나의 하루 일과 중 가장 중요한 일은 좋은 음악을 발견하는 것이었다. 1990년대 중반부터 케이블TV 방송이 시작되면서 음악방송을 원 없이 봤다. 중학생 때부터 자연스럽게 팝송을 접하면서 록, 일렉트로닉 등의 음악에 눈을 떴다. 고등학생이 되고서는 아주대 근처의 레코드 가게도 자주 찾았는데 다정하던 주인아주머니가 아직도 눈에 선하다. 많은 이야기를 나누진 않았지만 내가 CD를 고를 때까지 관심 있게 지켜봐주셨다.

오래 전 일인데도 용돈을 모아 처음으로 산 팝 CD는 정확하게 기억하고 있다. 프로디지The Prodigy의 〈The Fat Of The Land〉(1997) 앨범이었다. 가수가 누군지 어떤 음악을 하는지 정확히 알지 못했지만 청소년 잡지에 실린 앨범의 소개 글을 철석같이 믿고 레코드 가게로 향했다.

'대체 무슨 음악이길래 호평 일색이지?'

꽃게가 큼지막하게 그려져 있는 강렬한 앨범 재킷은 호기심을 자극하기에 충분했다. 아무것도 몰랐던 꼬마 때였지만 강렬한 사운드가 그저 듣기 좋았다. 당시 나는 최첨단의 소리가 재미있게 느껴졌다. 이후 마릴린 맨슨Marilyn Manson, 림프 비즈킷Limp Bizkit, 메탈리카Metallica 등 자극적인 음악을 위주로 듣다가 이후 점차 포크나 소울 등 편하게 들을 수 있는 다양한 음악에도 귀를 열었다.

좋은 느낌을 주는 소리를 구분하는 힘을 기르기 위해서는 다양한 음악을 많이 들어야 한다. 나 역시도 많이 듣다 보니 소리에 대한 기준이 생겼다. 그 시절, 어떤 소리가 좋은 소리인지 나름대로 꾸준히 귀를 단련시켰고, 그때의 음악에 대한 집요한 애정이 나를 자연스럽게 이 길로 들어서게 한 것 같다.

고등학교에 입학할 무렵, 사촌 누나가 기타를 연주하는 것을 보았다. 그 이후 나는 내 스타일대로 기타 연주법을 연구하기 시작했다. 아버지가 선물로 주신 입문용 통기타로 매일 밤 코드를 짚고 한 줄씩 튕겨봤다. 처음에는 책을 보고 기본기를 익히며 음감을 찾는 연습에 몰두했고, 이후에는 CD를 틀어놓고 멜로디를 따라 음을 하나씩 찾아갔다. 굉장히 더뎠지만 그렇게 내 식대로 기타 주법을 만들어갔다. 기타 연주에 대한 갈증이 어느 정도 해소되자 컴퓨터 미디 음악으로 관심을 돌렸다. 단순히 기타 연주가 아니라 하나의 완성된 곡으로 느낌을 표현해보고 싶었다. 그렇게 첫 자작곡인 '파워 테크노'를 완성했고, 들뜬 마음으로 친구들에게 들려줬다. 하지만 그 시큰둥한 반응이라니…….

세상에는 다양하고 좋은 음악들이 너무나 많다. 지금은 그 어느 때보다 손쉽게 음악을 찾아 들을 수 있는 시대다. 레코드 가게를 열심히 다니면서 좋은 앨범과 훌륭한 뮤지션을 알게 됐던 나의 학창시절은 어느새 지나간 추억이 되어버렸다. 그 많던 레코드 가게는 모두 어디로 갔을까. 이제는 서울 한복판에서도 레코드 가게를 찾기란 쉽지 않다. 누구나 스마트폰으로 쉽게 음악을 듣고 금방 다른 곡으로 바꿔 들을 수 있다. 지그시 눈을 감고 음악에만 집중하던 그때의 나른함이 때로는 그립다.

나의 첫 CD가 발매되던 날, 그때까지도 즐겨 찾아가던 단골 레코드 가게 주인아주머니는 앨범 포스터를 입구 앞에 붙여두고 자기 일 마냥 기뻐하셨다. 지금은 사라지고 없는 그곳. 내가 좋아할 만한 음악을 콕 집어 추천해주던 단골 레코드 가게들의 아저씨, 아주머니가 문득 떠오른다.

모든 것을 알아가고 이해하는 건
많이 힘든 일이다.
모두 감당할 수 있는 범위 내에서 일을 하고 있다.
각자가 이끄는 대로, 이끌리는 대로 산다.
그 안에서 행복을 추구한다.
그중에서도 사랑은
가장 복잡한 행복의 형태가 아닐까.

10대와 20대의 영웅

나의 사춘기를 찬란히 빛냈던 단 한 곡을 꼽으라면 주저 없이 스매싱 펌킨스Smashing Pumpkins의 '1979'를 꼽겠다. 그 노래는 마치 정서적으로 혼란스러웠던 사춘기 소년의 이야기를 대신 해주는 것 같았다.

'1979'는 누군가의 유년 시절을 이야기하고 있다.

I don't even care to shake these zipper blues.

And we don't know.

Just where our bones will rest.

To dust I guess.

Forgotten and absorbed into the earth below.

이 우울함을 어떻게 떨칠지 상관 않았네.

우리가 어디 묻힐지도 몰라.

아마도 잊히고 땅에 묻혀 먼지처럼 사라지겠지.

유년 시절의 혼란 속에서 느끼는 우울함과 방황하는 청춘에 대한 이야기는 내 가슴을 관통했다. 그 음악은 혼란스러웠던 나의 10대 시절을 위로해주었다.

특별히 음악을 가리진 않았지만 나는 유독 스매싱 펌킨스가 표현하는 정서에 마음이 쏠렸다. 얼터너티브 록의 전성시대를 이끈 밴드로 알려져 있지만, 밴드가 표현할 수 있는 무한한 장르를 담고 있다는 점이 매력적으로 다가왔다. 똑같은 밴드 악기 구성이지만 다양한 분위기를 아우른다는 것은 내게는 신선한 충격이었다. 장르 구분 없이 어떻게 표현하느냐에 따라 여러 색깔이 나올 수 있구나 하고 감탄했다. 스매싱 펌킨스의 모든 음반에 매달려 했던 분석들은 지금 나의 음악을 하는 데 큰 영향을 주었다.

당시 스매싱 펌킨스의 'Tonight Tonight'이란 곡은 반복해서 계속 들었다. 뮤직비디오로 처음 접했는데 동화적이고 희망적인 이미지들이 한데 어우러진 독특한 느낌이었다. 그것은 단순히 팝이라기보다 내 꿈에 가까운 음악이었다. 이후 동호회 사이트를 뒤져가며 그들의 미발표 음원을 찾아 들었다. 매일 밤 나는 집요하게 그들을 추적했다. 한 가지 일에 빠지면 끝장을 봐야 하는 성격 덕분에 쉽사리 헤어나오지 못했다.

그들은 결코 음악적으로 한 분야에 안주하지 않았다. 팝씬의 트렌드를 이끌면서도 대중성과 작품성을 동시에 이뤄내는 그들의 자세가 마음에 들었다. 노랫말의 메시지는 나뿐만 아니라 그 시대 청춘들의 지표였다. 첫 소절의 가사를 보며 나는 한참 동안 멍할 수밖에 없었다.

Time is never time at all.
You can never ever leave without leaving a piece of youth.

시간은 단지 시간이 아니다.

우리는 유년을 버리고는 결코 떠날 수 없네.

한눈에 봐도 아름다운 표현이었다. 그토록 서정적인 가사가 아니었으면 스매싱 펌킨스가 10대 시절의 나를 장악하지는 못했을 것이다. 얼터너티브, 하드록, 그런지, 재즈에 이르기까지 온갖 장르와 스타일이 혼합돼 있으면서 절묘하게 균형을 이룬, 한마디로 종합 선물세트였다.

나의 10대가 스매싱 펌킨스라면, 나의 20대는 밴드 위저Weezer다. 위저는 본격적으로 음악을 탐구했던 20대에 만난 나의 영웅들이다. 위트 넘치는 펑크 팝 밴드 위저는 너드의 관점(일반적이지 않은 시각)에서 하는 노래들이 압권이었다. 예를 들자면 짝사랑하던 여자와 결혼까지 하는 싱싱을 했는데, 알고 보니 그녀는 레즈비언이었다. 그들은 이런 각각의 에피소드를 유머러스하면서도 거부감 없이 풀어내는 데 탁월했다. 멋있어 보이려고 애쓰는 게 아니라 평범한 사람들의 얘기를 하는 느낌, 튀지 않는 정서로 대중성을 확보한 점이 오히려 멋있어 보였다. 사람들이 즐길 수 있는 요소가 곳곳에 살아 숨 쉬면서도 쉬운 듯하면서도 까다롭고, 그저 흘려버리기에는 묵직한 여운이 있는 음악을 했다.

위저와 반대로, 우울한 정서를 섬세하게 표현할 줄 아는 영국 밴드 폴

스Foals는 솔루션스를 시작할 무렵부터 관심 있게 지켜본 밴드이다. 모두가 점점 자극적인 것을 찾고 세련된 것만을 추구할 때, 오히려 밴드가 해야 할 기본에 가장 충실한 밴드여서 관심이 더 갔다. 단정하게 제련된 곡 안에서 드러나는 깊은 감수성이 좋았다. 스매싱 펌킨스가 서커스 같은 음악을 펼쳤다면, 폴스는 자신들만의 감성을 묵직하고 다양하게 표현하는 법을 알고 있는 듯했다.

시대를 거쳐간 많은 음악 속에서도 유독 1990년대는 나에게 매우 특별한 시절이다. 세계경제의 호황 덕분에 음악 씬은 어느 때보다도 다양했다. 전 장르가 균형 있게 사랑을 받았고 다양한 음악이 건강한 경쟁구도를 이뤘다. 어떤 뮤지션이 새로운 스타일과 장르의 음악을 내세우면 라이벌로 여겨지는 뮤지션이 이보다 한발 앞선 사운드의 음악으로 돌아왔다. 이전에도 그 이후에도 이런 시기는 찾아보기 어려울 것이다. 현재 대중음악의 자양분이 되었던 1990년대의 음악들은 나의 사춘기를 지배했고, 지금까지도 나를 음악 속에서 살게 하고 있다.

추억은 각자 다른 이름의 기억으로 남는다. 내게 스매싱 펌킨스는 곧 사춘기다. 그들이 유년과 젊음에 대한 이야기를 많이 다루기도 했지만 아련한 정서를 풍기는 분위기가 너무 좋았다. 그들의 음악을 들으며 나는 이렇게 생각했다.

'내가 지금 느끼고 있는 감정들이 이렇게 노래될 수 있겠구나.'

    스매싱 펌킨스는 아리송함뿐인, 알 듯 말 듯해서 더 혼란스러웠던 사
춘기를 대변해주던 최고의 음악이다. 노래는 온전히 감상하는 사람의 몫
이다. 그들이 어떤 의도로 만들었든지 간에, 적어도 나에게만큼은 그 의도
가 정확하게 통한 것이다.

    내가 스매싱 펌킨스의 '1979'를 기억하듯이, 누군가 솔루션스의 노래
를 주저하지 않고 인생의 한 곡으로 꼽는다면 더 이상 바랄 게 없다.

군인 강경태

"쟤가 너 좋아해!"

어렸을 때 나는 친구들과 어울리다 보면 누가 누구를 좋아하는지 금세 알아차렸다. 처음에는 "에이 그럴 리가!"라고 했던 친구들도 나중에는 "진짜네!" 하곤 했다. 독심술까지는 아니겠지만, 주변 사람들을 관찰하고 마음이나 의도를 빨리 파악하는 편이었다. 무의식중에 내 마음, 사람들의 마음을 가늠해보는 게 습관이었다. 좋아하는 책 장르만 봐도 그렇다. 심리 묘사가 탁월한 책, 소설도 통속적인 연애 소설보다는 사람의 감정선을 디테일하게 살린 책을 즐겨 읽었다.

대학교 진학할 때도 전공을 심리학으로 정한 것은 자연스러운 선택이었다. 입학 후 심리학 외에 철학, 사회학에도 잠시 몰두했다. 단순하게 타인의 심리를 지켜보는 것을 넘어서 우리 사회 구조에 관심을 갖게 되면서 점차 세상의 이면을 들춰보게 되었다. 그런데 이상하게도 들여다보면 볼수록, 깊게 파고들면 파고들수록 나의 머릿속은 복잡해져만 갔다. 나는 정신적인 비위가 약했다. 점차 이 길이 나의 길은 아닌 것 같았고, 미래에 대한 고민은 쉽게 풀리지 않았다. 그때 군대라는 숙제를 먼저 해결해야겠다는 생각이 들었다.

그렇게 군인 강경태의 삶이 시작되었다. 지금 생각해도 군대 생활은 남들보다 꽤 잘해냈던 것 같다. 선임들과도 특별한 마찰이나 갈등 없이 잘 지냈다.

어렸을 때부터 나와 함께였던 기타는 군 생활에서 만능키와도 같았다. 자대 배치 후 100일 휴가를 나갈 때 한 선임이 기타를 배우고 싶다고 말하며 복귀할 때 기타를 가져와도 된다고 했다. 군대에서도 기타를 만질 수 있다니! 이병 강경태에게는 엄청난 행운이었다. 덕분에 하루 일과를 마치고 취침 전까지 주어지는 개인 시간에 나는 마음껏 연주를 할 수 있었다. 중학교 때부터 기타와 함께 살아온 나다. 군대에서 기타를 치리라고는 생각도 못했는데 나로서는 횡재를 한 셈이다. 기타 하나가 군 생활에 큰 위안이 되었다. 내가 기타를 치면서 노래를 하면 어느덧 내무반 사람들이 모두 노래를 따라 불렀다.

어느 날은 내가 작곡한 노래를 들려주었다. 그러자 여기저기서 누구 노래냐고 물어댔다. 나는 속으로 생각했다.

'어라? 내가 만든 곡들이 괜찮은가……?'

그때부터 내 노래에 대한 자신감도 키웠다.
내 노래를 들려주는 데 재미를 붙인 나는 계속
해서 노래를 만들어 들려주었다. 밤에는 한두
시간씩 부대 내 공부방에서 그날 떠올린 멜로
디와 가사들을 노트에 기록하다가 잠들었다. 그
시절의 내가 아니면 절대 겪어보지 못할 낭만
가득한 밤이었다. 당시 만들었던 노래들 대부분
은 제대 후 발표한 나의 첫 앨범 〈자가당착〉에
수록되었다.

미래에 대해 고민했던 내 모습이 낯설 정도
로, 제대 후 온 신경은 오로지 노래 작업에만 쏠
려 있었다. 그런데 노래를 만들기 위해서는 스
피커나 키보드, 믹서 등의 음악 기재들이 있어
야 했다. 나는 그것들을 살 돈을 마련하기 위해

제대 직후 한 달 동안 부산의 여관방에서 생활
을 하며 공장에서 일을 했다. 기술이 없던 나는
기사님들이 망치 달라면 망치 가져다 드리고,
박스 나르라면 박스를 날랐다. 단순하게 몸 쓰

는 일만 했다.

그렇게 한 달 정도 일해서 번 돈으로 최소한의 녹음 장비를 마련했고, 이후 종일 장비들을 만지면서 손에 익혀갔다. 어느 정도 내가 생각하는 대로 곡을 표현할 수 있게 되었을 때 군대에서 만들었던 곡들을 하나씩 녹음해보았다. 군 생활 동안 구상했던 것들이 2008년 나루 1집 〈자가당착〉에 고스란히 들어가 있다. 더 넣거나 뺄 것도 없이 나루 1집은 '군인 강경태'의 감성을 그대로 투영한 결과물이다.

칙칙할 수도 있었을 군 생활이었지만, 다행히 좋은 환경 속에서 열정적으로 2년을 보냈다. 단절된 공간에서 생활했던 만큼 혼자 생각할 수 있는 시간도 많았고, 일상에 대한 고마움도 새삼 느낄 수 있었다. 미래에 대한 치열한 고민도 오히려 담담하게 곱씹어볼 수 있었다. 군대에서 나는 복잡한 머릿속을 단순하게 비우는 법과 남을 이해하는 법을 배웠다. 타인의 의도를 잘 파악한다고 생각하면서도 정작 나의 마음과는 제대로 마주하지 못했다. 그런데 입대를 하면서 제대로 내 마음을 들여다보게 되었다.

병영의 밤은 유난히도 별이 많다. 보초를 서면서 밤하늘의 별들을 그저 바라보며 온갖 생각에 잠기던 그 시절은 내 인생에서 잊을 수 없는 중요한 페이지가 되었다. 그때 바라보던 밤하늘의 별들은 본격적으로 곡을 쓰기 시작하는 순간 내 마음에 들어와 밝게 비추어주고 있다.

Yet

왜 그렇게 조급하게 달렸을까. 바쁘게 움직인다고 해서 인생이 생각만큼 빠르고 드라마틱하게 바뀌는 것도 아닌데, 난 매사에 나 자신을 혹사시킬 정도로 집요하게 파고들었다. 좋게 말하면 완벽주의고, 나쁘게 말하면 피곤한 타입이다. 팀이 어느 정도 자리 잡혀가고 있는데도 내 고민은 날 조여오고 있다. 지금 나에게 이렇게 묻고 있다.

'난 지금 어디로 가고 있는지, 어디로 가야 옳은지…….'

내가 가지고 있는 것들을 소진하며 살아왔더니 배터리가 방전된 것 같다. 멍하니 시간을 보내는 것을 싫어하는 성격 탓에 지금 이 순간에도 긴장을 놓지 않고 있다.

089

언제부터인가 머릿속은 항상 복잡했다. 앞날이 보장되지 않는 음악을 하고 있다는 것에 대한 고민 때문이었다. 지난날의 나는 뾰족하게 날이 서 있었다. 그런데 솔루션스가 4인 체제로 바뀌고, 유럽 투어 공연을 하면서 내 머릿속에 엉켜 있던 고민들이 조금씩 풀려가고 있다. 예전에는 누구도 무시하지 못할 정도로 강해져야 한다고 생각했다. 그런 강인함이 내 음악을 지키는 길이라고 믿었다. 그때는 몰랐다. 이렇게 한 발짝 물러서서 보면 더 많은 것이 보인다는 사실을……. 이제는 물처럼 흘러가도록 시간의 길을 터주고 싶은 생각이다.

고집이 센 내 성격 때문에 누구보다 마음 고생했을 멤버는 솔이다. 나를 가장 오래 지켜봤던 동생이기도 하고 알게 모르게 스트레스를 많이 받았을 것이다. 돌려 말하지 못하는, 유하게 말하지 못하는 내 성격 탓에 상처를 많이 받지 않았을까.

"이거 별론데? 재미없는데?"

음악을 모니터할 때만큼은 냉정해야 한다. 하지만 누구라도 저렇게 직설적인 얘기를 듣는다면 큰 상처가 될 것이다. 늘 양보하면서도 보이지 않는 곳에서 지독하게 연습했을 솔이에게 미안하고 고마운 마음이 교차한다.

유럽 투어는 팀을 더 단단하게 하는 계기가 되었다. 확실히 시야가 넓어졌다. 세상에 대한, 음악에 대한, 관객에 대한 생각의 폭이 넓어진 것은

분명했다. 처음 듣는 음악에도 귀를 열어주는 해외 팬들의 모습을 보며 음악의 힘을 다시 한 번 느꼈다. 이런 느낌 하나하나가 나를 성장시키는 발판이 되어줄 것이다. 또 우리 음악을 마음껏 즐길 수 있는 해외 팬들을 보면서 가사를 영어로 쓰기를 잘했다는 생각도 문득 들었다.

올해 들어 4인 체제가 되면서 머릿속이 복잡해지기도 했지만, 결국 서로의 장점을 잘 취하면 순탄하게 풀려갈 것이라는 단순한 결론으로 정리됐다. 때로는 다투기도 하지만 중재해줄 다른 멤버들이 있으니까 오히려 합의점을 도출해내기도 수월하다. 30년 이상 해온 밴드도 늘 다툰다. 이 모든 것이 더욱 굳건해지는 과정일 것이다.

치열하게 버텨왔던 시간들이 지나고 난 뒤 나는 다행히 많이 강해졌음을 느낀다. 지금은 대쪽 같은 고집보다는 유연한 사고를 하는 법을 배우는 중이다. 멤버들과 합을 그려가는 과정은 내 고민의 벽들을 이미 깨고 부숴주고 있다. 나 역시 스스로 꽉 조여두었던 나사를 슬그머니 풀어버렸다. 음악 안에서, 솔루션스 안에서, 나루의 정체성 안에서 조금씩 바뀌어가고 있다. 자연스레 내가 음악을 대하는 자세도 좀 더 친절해졌고, 음악 안에서 소통하는 법도 꽤 유연해졌다.

모든 집단이 마찬가지겠지만 많은 사람 속에서 한 사람이 계속해서 고집을 부리면 서로 지치기 마련이다. 남녀관계처럼 그때그때 서운한 점을 얘기하지 않고 쌓아두면 나중에 거대한 후폭풍이 되어 돌아온다. 커뮤니케이션이 활발해야 팀이 유지되고 그 과정에서 팀워크도 자연스럽게 생겨나는 것이라고 생각한다.

다행인 건 솔루션스가 4인 체제가 되면서부터 모두 의욕적이라는 점이다. 늘 마음이 평화로운 한솔이, 긍정적인 기운을 전달해주는 솔이, 묵묵히 자기 맡은 바 책임을 다하고 능력 이상을 보여주는 오경이 형까지. 어떻게 하면 더 나아질지, 최선의 방법을 찾기 위해 허심탄회하게 대화를 하고 있다. 우리는 지금 음악을 하는 즐거움과 현실적인 고민 사이에서 밸런스를 맞추기 위해 노력하는 중이다.

처음 음악을 할 때에는 나 자신의 만족에서 출발했다. 내가 재미있어서 시작한 음악이었다. 그래서 소통보다는 나 자신의 만족에 집착하며 음악을 해왔다. 내 음악을 사람들이 좋아할지 아닐지는 나중 문제였다. 들어주는 누군가를 위해서가 아니라, 나를 위해 노래를 만들었다. 나는 다른 뮤지션의 음악에서 큰 위안을 받았으면서 정작 나 자신은 그것을 깨닫지 못한 채 음악을 해왔던 것이다.

들는 사람들과의 소통을 위해서라면 그들의 취향과 생각을 무시할 수는 없겠지만, 그렇다고 그들이 좋아하는 음악만을 하고 싶지도 않다. 그저 더 많은 사람이 우리 음악을 편하게 접하고 위로받을 수 있다면 좋겠다. 내가 그리고 솔루션스가 음악을 하는 이유는 우리가 누군가의 음악에서 위안을 받고 힘을 얻었듯이, 우리 노래가 솔루션스뿐만 아니라 많은 사람이 힘을 얻고 공감할 수 있는 음악이 되길 바란다.

음악을 하다 보면 이상과 현실 사이에서 괴리감을 느낄 때가 있다. 그 간격을 좁히기 위해 시간과 힘을 적절히 안배해야 하고, 음악적 성장을 위한 노력을 꾸준히 해야 한다. 그리고 나는 힘들 때마다 내가 잘하는 이 일을 더 잘해나가야 한다는 다짐을 한다.

사람 사이의 신뢰는 서로가 추구하는 것에 대한 존중으로부터 시작된다. 솔루션스는 무대 위에서 혼자가 아닌, 합을 들려줘야 한다. 솔루션스는 서로를 존중하고 최선의 합을 만들기 위해 함께하고 있다. 내 음악과 늘 함께할 수 있는 이런 든든한 파트너들이 버티고 있다는 사실만으로도 큰 힘이 된다.

'고마워, 나의 파트너들!'

스스로에게 도취하는 걸
조심해야 한다.
분명한 것만을 추구하는 것은
결국 독이 된다.
당장은 답이 보이지 않아도
그것들을 생각하는 것이
결국 현명한 길일 것이다.
겸허히 해나가고 인정하는 것!

예술을 품은 유럽

2014년 12월, 대망의 유럽 투어

유럽은 예술을 품고 있는 곳이었다. 거리에 들어서 있는 유럽다운 건물들도, 거리에서 만난 사람들도……. 그들도 우리와 마찬가지로 먹고살기 위해 돈을 벌고 하루하루 생활을 꾸려나가고 있을 것이다. 그런데도 그들의 일상에는 기본적으로 여유가 있었고, 생활 속에서도 멋을 추구하고 있었다. 이러니 다양한 예술이 절로 나올 수밖에 없겠다는 생각이 들었다.

우리의 음악을 듣고 즐기는 그들의 태도도 자유로웠다. 처음 들어보는 음악일지라도 그들은 마음껏 즐기고 좋아했다. 내가 좋아하는 음악이 아니면 반응을 보이지 않는 우리와는 다른 풍경이었다. 크고 작은 문화적 충격을 받은 나는 많은 생각에 잠겼다. 한국에 돌아와서도 꽤 오랫동안 후유증이 남았다. 그때그때의 생각들을 짧은 메모로 남겨놓았는데, 지금 그

메모들만 보아도 그때의 일들과 느낌들이 섬광처럼 떠오른다. 내 심장을 뛰게 했던 날들의 짧은 기록들이다.

12월 5일 금요일

러시아 공연을 마치고 호텔에서 2시간 반가량 자고 바로 파리로 가는 비행기를 탔다. 4시간의 비행 끝에 파리에 도착. 호텔에 짐을 풀자마자 피곤함도 잊은 채

광장으로 바로 나가 거닐었다. 광장을 거닐고 있는 파리지앵들을 보니 내가 파리에 온 게 실감이 되었다.

저녁 때 메이크 더 걸 댄스 Make The Girl Dance(유럽 투어 파리 공연을 함께한 프랑스의 2인조 DJ 듀오) 관계자를 만나 저녁을 먹고, 공연을 준비했다. 12시 공연 시작, 처음에는 사람들이 별로 없었는데, 점점 사람들이 많아져서 더욱 흥겹게 공연을 펼쳤다. 나와 메이크 더 걸 댄스의 콜라보 디제잉 공연까지 마치고 나니 피곤함이 몰려왔다. 아쉬웠지만 호텔로 돌아와서 바로 곯아 떨어졌다. 빠듯하지만 멋있었던 하루가 무사히 끝난 것에 감사하며…….

12월 7일 일요일

벨기에 리에주 숙소에 도착. 아파트를 렌탈했는데 옥상에 발코니도 있고 무지 좋았다. 숙소 구경을 마치고 동네 작은 공연장에서 바게트로 만든 샌드위치를 먹고, 일본 비주얼 록밴드 사츠키 Satsuki와 함께 공연을 했다. 엔지니어 아저씨가

우리 음악을 좋아해서 더욱 신나게 공연을 했다. 우리 공연을 처음 보고 좋아해준 약간 프리키Freaky(히피 같은)한 분위기의 현지 사람과 인터뷰를 했다. 벨기에서 웹진을 운영하고 있다고 했다. 유럽에 와서 직접 보니 여러 모로 마니아 문화가 발달되어 있다는 느낌

이었다. 기분 좋게 숙소로 돌아와서 멤버들이랑 라면과 와인을 먹고 잤다. 밴드에 대해 더욱 많은 생각을 하면서.

12월 8일 월요일

다시 파리로. 파리에 도착하니 이미 어둠이 내린 저녁이었다. 보컬 솔과 리에주 공연을 마치고 생각했던 것들을 심도 있게 얘기 나누었다. 이야기가 많이 길어졌는데, 좋은 건 좋다고 아닌 건 아니라고 내 의중을 분명히 말했다. 밴드로서 결정해야 할 사항이 많다. 이야기를 하고 피곤해서 바로 잤는데, 오경이 형과 한솔은 호텔 앞에 있는 펍에서 프랑스 사람들이랑 맥주 마시고 그 사람 집에도 가서 놀았다고 했다. 그래도 나한테는 솔이와 속마음 이야기를 나누었던 그 시간들이 더 좋았다.

시와 같은 음악이 있고
사진 같은 음악이 있고
스포츠 같은 음악이 있고
보기 좋은 도자기 같은 음악도 있다.
어떤 것을 하든
어떤 느낌을 주고 있는지를
생각해보면 좋다.

12월 9일 화요일

오랜만에 한식당에 가서 김치찌개, 비빔밥, 된장찌개를 맛있게 먹었다. 역시 한국 사람은 한국 음식을 먹어야지.

식사를 하고 기타가 조금 이상해서 기타를 손보아야 했다. '새들'이라는 부품이 필요해서 숙소 근처의 가까운 기타 숍을 검색해서 갔다. 정겨운 시장과 클럽, 기념품 숍들이 있는 거리를 지나니 작지만 오래되어 보이는 악기점들이 옹기종기 모여 있는 거리가 나왔다. 부품도 부품이지만 기타를 구경하고 싶은 마음에 거의 모든 악기 숍을 들어갔다.

주로 중고 악기를 다루는 가게들이었는데, 1950~1960년대에 만들어진 악기들은 상태가 좋으면 천만 원이 넘는 건 예사였다. 이런 데서는 아이쇼핑을 할 수밖에 없다. 나처럼 아이쇼핑을 하는 프랑스 사람들도 많았다. 한국에서는 보기 힘든 빈티지 악기들이 즐비한 모습이 꽤 인상적이었다. 역시 예술의 도시다웠다.

진기한 기타들을 구경하다 내가 찾는 부품이 있는지 물어보니 대부분 없었다. 여기저기 물어본 끝에 겨우 부품을 많이 취급하는 숍을 찾아 새들을 사고, 숙소로 돌아와 가지고 온 연장들로 기타를 고쳤다. 이 기타로 유럽에서의 나머지 일정들을 잘 마칠 수 있었다. 그 후로도 오랫동안 그 거리의 숍에서 본 기타들이 눈앞에 아른거렸다.

12월 10일 수요일

저녁, 프랑스에 살고 있는 지인 지우 씨를 만나기 위해 에펠탑으로 갔다. 기다리는 시간 동안 파리의 야경 한가운데에서 빛을 내고 있는 에펠탑을 보면서 혼자 감탄했다.

동시에 나도 모르게 지독한 외로움이 몰려왔다. 그 순간에 왜 '사람은 혼자'라는 생각이 들었을까? 가족들도 있고 친구들도 있는데……. 결국 인간 내면의 근원적인 고독은 자신만의 무언가로 채워야 한다는 생각을 했다. 예술은 그런 것들을 아주 많이 채워준다.

그때 지우 씨가 왔다. 지우 씨는 프랑스에서 공부하며 살아가는 이야기를 들었다. 예술 공부를 하기에는 너무 좋은 나라라는 얘기가 귀에 콕 박혔다.

'나도 여기 와서 공부할까? 구체적으로 계획을 세워볼까?'

나도 언젠가는 여기서 공부를 해보고 싶다는 마음이 굴뚝같이 들었다. 에펠탑 근처의 레스토랑에서 지우 씨랑 식사를 하고 숙소로 오는데, 집시 남자들이 나를 예의주시하며 주변을 어슬렁거려서 좀 무서웠다. 얼른 숙소로 들어왔다.

12월 11일 목요일

솔루션스의 투어 버스킹 영상을 촬영하는 날.
프랑스 친구 나탈리의 소개로 만난 한국계 프랑스인 필립 형이 영상 촬영하는 걸 도와주었다. 사

크레 쾨르 성당 주변을 거닐며 몇 테이크를 찍었다. 지나가는 사람들이 구경하며 박수까지 쳐주어서 우리도 재미있게 찍었다. 처음 보는 사람도 처음 듣는 음악도 호기심을 갖고 좋아해줬다.

버스킹 촬영을 마치고, 그날은 나탈리 생일이었는데 미안하게도 다음 일정 때문에 생일 축하 파티도 못해주고 이동을 해야 했다. 인사를 하고, 호텔에 저녁 8시쯤 도착, 멤버들과 노래를 들으며 와인을 마셨다. CJ (투어를 함께 진행한 My Music Taste 팀장)가 만들어준 스파게티, 카레도 엄청 맛있어서 많이 먹었다. 멤버들이 취해서 다들 껄껄 대던 장면이 웃겼다.

12월 14일 일요일

아우토반을 달려 독일로 이동. 세 시간 정도 차를 타고 독일에 도착했다. 유럽에서의 마지막 공연이었고, 나는 점점 유럽 공연에 맛이 들렸다. 독일 사람들도 잘 놀았다. 언제나 마음이 열려 있다. 우리도 마지막 공연의 피날레를 장식하듯, 미친 듯이 무대에서 뛰어놀면서 공연을 했다. 진짜 다들 미쳐 있었다. 그 미친 공연 이후 우리의 공연은 훨씬 자유롭고 편안해졌다는 것을 인정하지 않을 수 없다.

수많은 카테고리
수많은 이상향
모두 신경 쓸 필요는 없다.
오직 나의 균형에
집중할 것!

허투루 하지 않는 사랑

내 청춘의 성장통에는 음악과 사랑이 큰 부분을 차지하고 있다. 음악적인 성장통 못지않게 사랑 때문에 많이 웃었고 많이 아팠고 성장했다.

몇 번의 연애를 했다. 매번 다른 사람을 사랑했지만, 그 사랑이 끝나고 나면 다시 늘 비슷한 성향을 가진 사람을 사랑했다. 돌이켜보니 나는 정서적으로 나와 비슷한 사람을 좋아하는 것 같다. 비슷한 패턴으로 사랑을 하고, 이별을 했다.

대학에 갓 들어가 설레는 마음으로 첫 연애를 했고, 군인이 된 후 이유도 모른 채 첫 이별을 경험했다. 이후로도 몇 번의 사랑을 경험했지만 그 과정은 늘 비슷했다. 이별의 과정은 정확히 기억나지 않지만, 그때마다 느낀 '나'라는 사람에 대한 기억은 분명하다.

나는 사람을 많이 좋아하는 편이다. 일을 하고, 꿈을 이루어나가는 과정에서는 의존적이지 않으려는 마음이 다분하지만, 그 과정에서 상처받고 지친 마음을 사랑으로 위로받으려고 했다.

그래서인지 허투루 하는 사랑은 하고 싶지 않았다. 한 사람과 오래 연애를 했고, 그만큼 이별 후의 아픔도 컸다. 주변 사람들이 걱정할 정도로 호된 이별식을 치렀다. 이별 후 한동안 거울 속의 나는 살이 빠져 있었고, 우울감에서 헤어나오지 못했다.

이별들을 돌이켜보면 여전히 아리송하다. 내가 무뚝뚝한 성격이지만 나름 사랑에 대한 고민도 많이 하고 애도 많이 썼다. 물론 내 입장에서이겠지만……. 큰 갈등으로 인해 서로를 미워한 경우도 없었다. 하지만 시간이 지나면 결국 이별이 찾아왔다.

나이가 들수록 점차 누군가를 만나고 사랑하고 헤어지는 일들에 마음이 무뎌질 줄 알았다. 그런 경험으로 인해 동요하는 마음을 다스리는 요령이 생길 줄 알았다. 하지만 그렇지 않았다. 이별은 언제나 크게 아팠다.

세상에 있는 수많은 이별만큼이나 이유도 다양할 것이다. 돌이켜보면 이별의 시기가 올 때마다 마음이 완전히 소진되어 있었던 것 같다. 상대방의 마음을 헤아릴 마음이 더는 남지 않았던 것이다. 나 하나 추스를 힘조차 없었다. 그러니 상대를 위한 마음을 내어준

다는 것은 어려운 일이었을 수도 있다.

상대를 원망하기는 쉬웠다. 하지만 그만큼 자책도 많이 했다. 내 마음을 가장 많이 갉아먹는 생각들은 가정법이었다.

'그때 그녀가 이랬더라면 우리는 헤어지지 않았을 거야.'
'내가 좀 더 참았어야 했나?'

실제로 다가온 이별이라는 현실 앞에서, 그녀와 함께했던 그 순간으로 가서 상대를 원망하고, 한편으로는 나 스스로를 탓하기도 했다. 그때는 헤어질 때가 와서 그랬다는 걸 알지 못했다. 두 사람이 함께하는 마음의 속도가 달라지면 이별은 올 수밖에 없다. 그때는 그걸 몰랐지만, 지금 안다고 해도 별로 달라질 건 없을 것이다.

지금 이 순간에도 많은 사랑이 무너지고, 이별하는 많은 연인이 눈물을 흘린다. 언젠가는 무덤덤하게 떠올릴 옛 이야기가 될 사랑 때문에……. 그래도 우리는 여전히 사랑을 하고 사랑받기를 바란다. 사랑이란 도대체 뭘까.

사실 나는 사람들이 흔히 꿈꾸는 영원한 사랑, 궁극의 사랑은 영화나 소설 속에만 있다고 생각한다. 감정이 메말랐다고 생각할 수도 있다. 많은 사람은 결혼을 통해, 또 자식을 통해 사랑의 결실을 맺어나간다. 그 과정에서 서로에 대한 믿음은 훨씬 더 강해질 것이다. 하지만 이것도 사랑의 완성은 아니라고 생각한다. 결혼은 사랑의 종착역이 아닌, 사랑의 한 형태이니까…….

내가 생각할 때 사랑은 유한한지 무한한지 가늠할 수 있는 그런 것이 아니다. 어떤 꿈이든 어떤 생각이든 함께 나누려는 마음 자체가 사랑이라고 생각한다. 사랑은 영원히 존재하는 구체적 존재가 아니라 마음을 함께하려는 과정이다. 그런 사랑을 나는 영원히 누리고 싶다.

동경과 편견이 뒤섞인
그런 것들에 사람들이 진짜 주목하는
것은 아닐까.
집중은 결국 혼란스러움을
감내하는 그런 것?

서른에는

평생 할 고민을 한꺼번에 몰아서 하듯 정신없는 20대를 보냈다. 그리고 이제 조금은 편하게 내 자신과 마주할 수 있게 되었다. 당장 눈앞에 있는 장애물을 치워내기에 바빴던, 앞으로만 나아가기 위해 내 욕심만 채웠던, 안개 속을 걷고 있는 것처럼 참 막막했던 스무 살 시절에는 정작 내 자신을 돌아볼 여유가 없었다. 하루하루가 그랬다.

10년 전 쌈지사운드 페스티벌 오디션에 참가했다가 1차 예선에서 떨어졌다. 당시에는 별 감흥이 없었다. 내가 쌈사페 무대만을 위해 태어난 것은 아니니까. 하지만 그날 나는 블로그에 '쌈사페 망해라!'는 글을 올렸다. 이제 와 읽어보니 애써 태연한 척하려는 내가 느껴진다. 얼마나 받아들이기 힘들었으면……!

결국 나의 노래는 쌈싸페 1차 예선에서 떨어졌다. 별 감흥은 없다. 나는 쌈싸페 무대에 오르려고 태어난 게 아니다. 나는 쌈싸페 무대에 오르려고 태어난 게 아니다. 나는 쌈싸페 무대에 오르려고 태어난 게 아니다. 나는 쌈싸페 무대에 오르려고 태어난 게 아니다. 나는 쌈싸페 무대에 오르려고 태어난 게 아니다. 나는 쌈싸페 무대에 오르려고 태어난 게 아니다. 나는 쌈싸페 무대에 오르려고 태어난 게 아니다. 나는…….

이게 나의 스무 살이고, 너의 스무 살, 우리들의 스무 살이 아닐까. 그런 스무 살을 보내고 서른이 되면 어느 정도 가야 할 길이 정해지는 것 같다. 세상 어딘가에 있을 내 자리를 찾기 위해 헤매는 게 아니라 이제는 그 안에서 좀 더 깊어지기 위한 고민을 하고 있다.

길을 찾기 위해 방황하던 스무 살 시절의 고민과 자신의 길 위에서 거듭나기 위한 서른 살 시절의 고민은 다르다. 스무 살 시절의 고민이 그저 막막함이었다면, 서른의 고민은 어떤 답인지는 알고 있지만 그 답이 명쾌하게 나오지 않는 답답함에서 오는 고민이다. 나 역시도 이미 결론이 정해져 있는 상황에서 엄청 막막했다. 어쨌든 결론은 음악이었으니까…….

비록 나는 쌈지사운드 페스티벌 1차 예선에서 떨어졌지만, 지금 소속사의 대표님을 만나는 행운을 얻었다. 자신이 없다고 쌈지사운드 페스티벌에 지원을 하지 않았다면, 지금은 또 뭘 하고 있었을까. 그날 이후 자존심마저 무너져가는 아찔함 속에서도 하루하루 음악을 향해 걸어나갈 수

있었다. 그리고 서른이 되고 보니 나는 음악 속에 완전히 들어와 있다. 이제는 음악 안에서 내 자신을 생각할 뿐이다. 그렇게 지난날의 고민은 희미하게 지워지고 없었다.

처음에는 남들과 다른 길을 간다고 생각했다. 괜히 탁 트인 길을 놔두고 가시밭길로 들어선 듯한 기분이었다. 그때는 '왜 나만 아직도 사춘기에 머물러 있는 걸까'라며 나에게 묻고 또 물었다. 나를 계속 못살게 굴지 않으면 완전히 도태될 것 같은 압박감에 사로잡혀 있었다. 그런 종류의 걱정은, 조급한 마음에서 오는 고민은 세상 누구나 갖는 평범한 것이라는 걸 나중에야 알았다. 그때는 단순하게 '만약 내가 서른이 되어도 딱히 이룬 것이 없다면 어떡하지' 하는 생각으로 마음이 무거웠다. 고민의 종류만 다를 뿐인데, 막상 서른이 되었을 때도 마흔이나 쉰이 되어도 이런 고민은 늘 반복될 텐데 그때는 몰랐다.

　서른 즈음이 되어서야 비로소 나를 표현하고 싶다는 의욕만 앞서는 시기를 넘어 눈빛과 표정, 말투, 화법 등 나를 표현하는 다양한 방법에 대해 생각하기 시작했다. 이런 생각들은 곧 음악의 표현법으로 연결되었다. 이제는 내 일에 대한 소중함도 느낄 줄 알고 나름의 노하우도 만들어가는 중이다. 조급하고 불안한 마음을 어느 정도는 지울 줄 아는 나이가 된 것인지도 모른다.

지금 친구들을 둘러보면 그들도 나와 비슷한 위치에 있다. 출발점이 달라도, 걸어온 길이 달라도, 결국 자신만의 목적지를 향해 부단히 걸어왔던 것이다. 별 볼일 없었던 스무 살의 녀석들이 자신이 가고자 했던 길에서 고군분투하고 있다는 걸 안다. 서른이 된 우리가 마흔이 되고, 쉰이 되었을 때는 어떻게 살아갈지 모르겠지만……. 스무 살 때 그랬던 것처럼 서른의 하루하루도 뚜벅뚜벅 걷다보면, 우리는 같은 자리에서 또 서로를 마주할 것이다. 지금의 나에게 나이가 든다는 것은 서운한 일만은 아니다.

음악의 길

항상 나는 시간들을 무언가로 가득 채우려고 했다. 음악을 듣거나 만들 때, 책을 보거나 영화를 볼 때, 아니면 친구나 여자 친구를 만날 때도 의미를 찾곤 했다. 무한히 흘러가는 시간들을 그대로 내버려두어서는 안 될 것만 같았다. 그리고 그렇게 무언가로 가득 채워지는 나의 시간들에 뿌듯함을 느꼈다.

그런데 어느 날 친구가 내게 말했다.

"너 그거 강박이야."

나에 대해 속속들이 알고 있는 친구가 한 말이라서 그냥 지나칠 수 없었다.

'내가 그랬나?'

가만 생각해보니 그동안 나는 내 자신을 가만 내버려두지 않았던 것 같다. 음악을 하기 전에는 음악을 하고 싶어서, 음악을 하고 나서는 음악적인 성장을 위해 가만히 있을 수 없었다. 누가 뭐라고 하지 않는데도 나는 끊임없이 나를 채찍질해왔다.

'뭐가 부족하지? 뭐가 부족하지?'

의미 없이 버려질지 모른다는 생각에 시간을 그냥 가도록 내버려두지 않았다. 아니, 그럴 수가 없었다.

음악을 하겠다는 생각을 마음속에 품은 뒤로는 늘 그래왔다. 스스로에게 만족스러운 사람이 되기 위해, 좋은 음악을 만들고 내실을 쌓기 위해 많이 고민했다. 음악 하나만으로 인정받는 사람이 되기 위해 고민을 했다. 하지만 내가 좋아했던 음악들도 그랬듯이, 많은 경험과 운이 뒷받침되어야 탄생할 수 있다는 것을 그때는 몰랐다.

머릿속에 이런 생각으로 가득 차면서부터 나의 일상은 쉴 틈이 없었다. 음악도 들어야 하고, 만들어야 하고, 틈틈이 책도 읽어야 하고, 그림도 보러 다녀야 하고, 여자 친구도 만나야 하고……. 사람이 좀 헐렁하고 느슨한 구석도 있어야 하는데, 나를 너무 옭아매며 살아왔다. 그러다 보니 좋아서 시작한 일들이 오히려 날 괴롭히게 되었다.

그런데도 나의 끊임없는 성장 욕구는 원동력이 되어주기도 했다. 지금 이 자리에 있을 수 있었던 것도 나의 그 성장 욕구 덕분이다. 스무 살

때부터 이렇게 나를 길들여왔다. 이제는 나도 모르게 하나의 목표를 이루면 다른 목표를 세우고, 그 목표를 이루기 위해 무리하는 습관이 생겼다. 물론 그 과정 속에서 나의 시간을 쪼개는 요령과 노하우도 생겼지만……. 일을 할 때는 아이디어가 터져 나오지 않으면 괴롭고, 그럴 때면 나를 한계치까지 몰아 쥐어짜곤 했다. 이런 고통을 견딜 수 있는 이유는 간단했다. 마지막에 그 일을 해냈을 때의 기쁨은 최고였기 때문이다. 나에게는 그런 일들을 하는 시간이 소중했다. 하지만 최근에서야 '아, 이게 일중독이구나!' 하고 깨달았다.

언제나 내 방식만이 옳다고 믿어온 내가 마음을 내어주기 시작한 지는 얼마 되지 않았다. 시간을 촘촘히 나눠 살아버릇해서 아직도 익숙하진

않지만, 이제는 비는 시간에 아무것도 안 하고 쉬거나 보고 싶은 친구들을 만나 술자리를 갖거나 수다를 떨며 시간을 보내려고 한다. 하지만 오랜 시간을 워커홀릭으로 살아왔기에 생활 패턴은 쉽게 바뀌지 않았다. 변해야 된다고 느끼면서도 마음처럼 되지 않았다. 내 몸에 떡 하니 붙어 떨어질 줄 몰랐던 나의 이런 습관이 하루아침에 바뀔 리는 없었다. 그런데 의외의 곳에서 내 마음에 변화가 생기기 시작했다.

솔루션스의 작업차 만난 프로듀서 지미 더글러스는 내 생각을 크게 바꿔놓았다. 좀처럼 서두르지 않으면서도 명쾌하게 해결책을 찾아가는 그의 작업방식을 보면서 말이다. 60대 베테랑 프로듀서와 나를 비교할 수는 없겠지만, 중요한 건 스킬의 차이가 아니라 음악을 대하는 본질적인 자세 문제였다. 차곡차곡 쌓아온 오랜 경력과 최고의 노하우를 단번에 내 것으로 만들겠다는 건 욕심이란 걸 잘 안다. 하지만 모든 작업 과정 속에서 즐겁고 유쾌한 분위기를 잃지 않았던 그의 자세는 내게 단순히 작업방식뿐만 아니라 마음가짐까지 바꿔버린 소중한 깨달음이 되었다. 한 가지가 풀리지 않으면 예민해져서 끝까지 파고들었던 나의 작업 패턴이 무안하게 느껴졌다.

마이애미에 있는 지미의 스튜디오, 우리는 그곳에 도착하자마자 간단한 데모를 들려주고 잠시 의견을 나눈 다음 곧바로 녹음에 들어갔다. 지미는 데모 버전의 우리 곡을 듣고 불필요한 부분은 과감히 들어내고, 그 자리에서 떠오르는 아이디어를 제시했다. 후렴구에 어떤 멜로디를 더 부르면 좋을지, 녹음할 때 어떤 느낌으로 연주를 하면 좋을지……. 지미 자신이 곡을 즐기면서 그때그때 떠오르는 생각을 이야기해주어 많은 아이디어도 나왔고 재미있게 연주할 수 있었다.

첫날, 한솔의 드럼 연주를 시작으로 오경이 형 베이스, 나의 어쿠스틱 기타를 녹음했다. 다음날은 나의 일렉트로닉 기타를, 그 다음날은 보컬과 코러스, 마지막 날은 믹스를 했다. 사실 믹스는 녹음할 때 이미 지미가 생각해둔 사운드가 있었는지 그날그날 녹음을 하면서 조금씩 잡아나갔다. 하루의 녹음을 끝내고 우리가 숙소로 돌아갈 때쯤이면 지미는 밤새워 본격적으로 믹스를 했고, 다음날 우리가 스튜디오에 가면 그대로 녹음을 진

행했다.

　우리가 마지막 녹음을 마치고 믹스를 하는 날, 이미 절반 이상의 작업을 끝내놓고 있었다. 덕분에 우리는 서로 충분히 의견 교환을 하며 여유 있게 마무리를 할 수 있었다. 잠도 못 자고 작업을 했는데도 지미는 늘 에너지 넘치는 모습을 잃지 않았다. 그 열정이 대단했다. 음악을 즐기고 사랑하는 모습에서 많은 감명을 받았다.

　'프로듀서가 뮤지션들보다도 더 즐기면서 음악을 하는구나!'

　그동안 나는 좋은 음악을 만들겠다는 의지에 너무 불타 있었던 건 아닌지 반성했다.

　'Love You Dear' 곡이 완성되고 근처의 쿠바 레스토랑에 가서 맛있는

쿠바 음식을 먹었다. 양고기, 해산물, 처음 보는 콩, 바나나 등으로 만든 온 갖 요리를. 그날은 우리 스태프 동준이의 생일이었는데, 지미가 몰래 케이 크까지 준비해두었다. 시종일관 여유 있는 웃음으로 즐겁게 일하고, 상대 에 대한 배려도 아끼지 않는 그는 진정한 '음악인'이었다.

그를 만난 후로는 다른 사람들이 사는 방식이 눈에 들어오기 시작했 다. 나는 작업에 파묻혀 있어도 모자랄 시간에 무작정 여행을 떠날 수 있 을까? 바쁜 시간을 쪼개도 부족할 텐데 더 큰 자극을 찾아 여행을 떠나는 친구를 보며 신선한 충격도 느꼈다. 대책도 없이 고민 속으로 파고들며 고 집을 부렸던 내가 얼마나 어리석었는지 이제야 보이기 시작했다. 왜 그동 안 나의 방식 외에는 보려 하지 않았을까. 왜 귀를 닫고 살았을까.

이제는 스스로에게 이렇게 말한다. 문제를 푸는 방법은 꼭 하나가 아 니라고. 때로는 의외의 곳에 답이 숨어 있다고……

현실에서 도피?
음악으로 도피한다는 말?
찰나의 모든 게 부질없다는 관점에서는
사람이 하는 모든 게
도피 아니고 무언인가?
그냥 모든 걸 즐기자.

꾸꾸, 호옹, 시무

어느 날 첫째 꾸꾸가 나에게 왔다. 2년 전 제법 쌀쌀한 가을 10월 중순 밤의 일이었다. 아는 분이 집 근처에서 어미 잃은 아기 고양이를 발견해 일단 집에 데려왔는데, 원래 기르던 강아지가 아기 고양이 때문에 스트레스를 너무 받아 대신 보호해줄 다른 사람을 찾는다는 얘기를 들었다. 일단 소식을 듣고 그분의 집을 방문했다. 종이박스 안에는 빽빽대며 기어 다니는, 눈을 갓 뜬 아기 고양이가 있었다. 흰 바탕에 검은 얼룩이 있는, 감기 때문에 콧물과 눈물로 얼굴이 범벅이 된 아이였다. 장기간 혼자 방치돼 있었는지 상태가 양호해 보이지 않았다.

나는 냉큼 새 주인이 나타날 때까지 내가 돌보겠다고 했다. 원래 고양이 알레르기도 약간 있었고, 병든 새끼 고양이를 돌보는 건 여간 쉬운 일이 아니었는데 어디서 그런 마음이 생겼는지 모르겠다. 우선 '고양이 키우

129

는 법'부터 검색해보았다. 새끼 고양이도 아기를 키우는 것과 다름없었다. 밤중에도 3시간마다 일어나서 우유를 줘야 하고, 배변도 봐줘야 했다. 어미 고양이가 없으니 어미 고양이가 할 일들을 그대로 다 해줘야 했다.

한동안 동물병원을 오가고, 세수도 틈틈이 해줬더니 꾀죄죄하던 얼굴은 하루하루 지날수록 좋아졌다. 건강하게 자란 녀석은 곧 껑충껑충 뛰어다녔다. 관심과 사랑이 참 고팠나보다. 나는 절로 나오는 흐뭇한 미소를 지으며 녀석의 머리를 자주 쓰다듬곤 했다. 밤마다 품속에 품고 잤다. 신기하게도 고양이 알레르기는 나타나지 않았다.

'이 녀석은 내가 끝까지 키워야겠다.'

그렇게 꾸꾸는 나와 함께 지내게 되었다.

3개월가량 되었을 무렵, 꾸꾸가 한창 개구쟁이일 때였다. 늘 그랬듯 그날도 꾸꾸 혼자 두고 밖에 나가려도 현관문을 닫았는데, 문 너머로 "야옹~" 하는 소리가 들렸다. 외롭다고, 무섭다고 말하는 것만 같았다. 혼자 두면 안 되겠다는 생각에, 그리고 꾸꾸를 키우며 생긴 약간의 용기로 인터넷에서 둘째 고양이를 찾기 시작했다. 분양이 잘 되는 예쁘고 품종 좋은 아이가 아닌, 누가 잘 데려가지 않을 것 같은 아이 위주로 찾았다. 곧 그 중에서 한 마리가 눈에 띄었다. 소방서에서 구해줘 며칠 동안 데리고 있던 아이인데 사진 속의 새끼 고양이는 꼬리가 없고 겁에 잔뜩 질린 눈을 하

고 있었다. 그 아이를 데리고 왔다.

둘째 호옹이는 그렇게 나에게로 왔다. 꾸꾸와 호옹이는 처음 2~3일가량은 서로 경계를 했지만, 둘 다 어렸던지라 금방 친해졌다. 병원에 데려갔더니 호옹이가 꼬리가 짧은 것은 어미 뱃속에 있을 때 영양이 부족해 제대로 자라지 못해서 그런 거라고 했다. 이 녀석도 실하지 못하니까 어미가 버리고 간 것이다. 내가 없을 때도 꾸꾸와 호옹이가 잘 놀 것을 생각하니 마음이 놓였다.

셋째 시무는 원래 어느 식당 주인이 가게 앞에 목줄을 채우고 막 키우던 아이였다. 아직 체온 조절이 잘 안 되는 새끼 고양이를 비가 오는 날에도 그냥 바깥에 방치했다고 한다. 먹이도 식당에서 사람들이 먹다 남은 음식을 먹였다. 고양이는 원래 생고기만 먹는 동물이기 때문에, 당분과 염분이 있는 사람들이 먹는 음식을 주면 안 된다. 그 광경을 보고 어떤 분이 식당 주인에게 자기가 키우겠다고 해서 데려온 녀석이었다. 하지만 원래 집에 있던 고양이와 친해지지 못해 다시 새 주인을 찾는 글을 올렸다. 그렇게 셋째 시무를 데리고 왔다.

이 녀석들을 다 커서 데려왔으면 서로 친해지기 어려웠을 텐데, 어린 아이일 때 데리고 와서 금세 친해지고 셋이서 잘 지낸다. 고양이도 사람과 같아서 어려서부터 같이 자란 정이 있다.

2년가량 이 녀석들을 키우다 보니, 어린 시절에는 비슷했던 녀석들이 다른 성격으로 자라는 모습이 재미있다. 꾸꾸는 게으르고, 호옹이는 겁이 많고, 시무는 붙임성이 좋다. 일에 치여서 집으로 겨우 돌아왔을 때도 기분 좋게 하루를 마칠 수 있는 건 다 이 녀석들 덕분이다. 늘 고민이 많은 내 모습과 너무 달라서, 아무 걱정 없는 것 같은 녀석들의 나른한 몸짓이 부러울 때도 있다. 혼자서 놀다가도 어느 순간 여럿이서 뒹굴고 티격태격하다 해가 저물어 고요한 밤이 오면 또 아무 일 없었다는 듯 뒤엉켜 잠이 드는 그런 일상, 그것이야말로 진짜 행복이라는 생각이 든다.

가끔은 곡 작업할 때 녀석들이 와서 방해할 때도 있다. 키보드 위에 올라오고 컴퓨터 자판 위로 걸어 다닌다.

"꾸꾸야, 호옹아, 시무야, 아빠 일 좀 하자!"

하소연해봤자 소용이 없다. 너는 떠들어라 나는 여기서 내 볼일 보련다 하는 태도다. 그러면 곧 특단의 조치가 내려진다. 미안하지만 방문을 닫고 녀석들을 거실로 내보내는 수밖에 없다. 하루는 집에 왔더니 전날 내가 내쫓은 것에 반항이라도 하듯, 시무가 나 없는 사이 작업실을 엉망으로 만들어놓았다. 벽에 걸어놓은 조명과 커튼을 죄다 떨어뜨려 작업실을 아수라장으로 만든 것이다. 그날 나는 기가 막혀 소리쳤다.

"시무야!"

하지만 발치에서 시무는 배를 드러내고 누워 무슨 일 있느냐는 듯 나를 멀뚱멀뚱 쳐다볼 뿐이었다. 천진난만한 녀석을 보고 있자니 기가 막혀 웃음만 나왔다. 나는 오늘도 꾸꾸, 호옹이, 시무와 함께 이렇게 살아가고 있다.

이 녀석들과 벌써 2년째 동거중이다. 게으름뱅이 첫째, 겁 많은 둘째, 개구쟁이 셋째까지. 나까지 포함해 우리 넷이 같은 공간에 있는 모습은 이제 자연스럽다. 작업실이든 침실이든 내가 있는 공간에 어느새 아이들이 따라와 있다. 아주 오래 전부터 한 집에 살았던 식구처럼. 이 녀석들을 한참 바라보다 보면 이제 내 자신이 보인다. 때로는 녀석들이 나를 보듬어주고 있다. 이놈들과의 동거, 청소해야 하는 일이 늘었고 챙겨주는 일도 많아 여간 번거로운 게 아니다. 그래도 더 많은 위로를 받는 건 바로 나다.

THE SOLUTIONS

Part 3 오경

Do It!

그 아이

나는 지금 무대 위에 서 있다.

키가 작고 유난히 수줍음이 많았던 아이. 예전의 나였다면 상상도 못할 일이다. 카메라의 낯선 시선 앞에서 능청스럽게 관객들과 눈을 맞추는 여유도 부릴 수 있게 되었으니, 이제는 그런 낯섦을 헤쳐나갈 수 있는 나이가 된 것인가? 지금의 나를 보면 과거가 무색할 만큼 참 많은 변화가 있었음을 느낀다. 항상 무언가에 움츠러들었던, 얼굴이 빨개져 고개도 못 들고 연주하던 그때 그 시절을 떠올려본다.

언덕배기에 있는 교회 창문으로 햇살이 쏟아지던 어느 일요일 아침이었다. 텅 빈 교회 안에서 고개를 숙이고 울고 있던 그 아이. 무슨 일일까. 나는 한참 동안 그 아이를 바라봤다. 그 아이가 고개를 들어 아침 햇살 가득한 창문을 바라보았다. 새하얀 얼굴이 반사되어 더욱 눈부셔 보였다. 열세 살의 내 심장은 그만 쿵 하고 내려앉았다. 이영애를 닮은 그 아이의 모습이 너무 예뻐서. 그날 이후 나의 마음과 모든 시간은 그 아이를 중심으로 돌아갔다. 그 아이는 눈에 띄지도 않을 만큼 조용했던 나를 서서히 조금씩 바꿔놓고 있었다.

학교 선생님이면서 명예전도사인 어머니의 영향으로 모태 신앙을 가졌던 나는 중학교 1학년이 되면서 밀알선교단이라는 교회 찬양팀의 밴드부에 들어갔다. 처음에는 기타를 연주하고 싶었지만, 선배들이 베이스를 하라고 했다. 베이스와의 싱거웠던 첫 만남이다. 그냥 한번 해보자 해서 시작했을 뿐인데, 열심히 해야 하는 강력한 이유가 하나 생겼다. 그 아이에게 멋있게 보이고 싶었다. 오로지 그 아이가 무대 위 멋진 내 모습을 바라봐주기만을 수줍게 기다리고 있었다.

하지만 기회는 좀처럼 오지 않았다. 중3 형들이 메인으로 연주를 했고, 나와 친구들은 2군이었기 때문이다. 우리는 형들의 악기를 옮기거나 청소를 하는 등 허드렛일만을 했다. 그러던 어느 날 드디어 기회가 왔다. 베이스를 하는 중3 형이 연주할 곡을 나눠주면서 말했다.

"너희 중에 한 명이 무대에 설 거야. 연습해 와!"

그때 나와 친구 두 명이 베이스를 했는데 우리는 고개를 돌려 서로를 멀뚱멀뚱 바라봤다. 하지만 곧 무언가를 보여줄 기회가 왔다는 것에 흥분

했다. 결국 경쟁 끝에 내가 무대에 서게 되었고, 자부심과 뿌듯함을 느꼈다.

드디어 무대에 서는 날, 엄청난 긴장감에 어떻게 무대에 올라 마쳤는지 정신이 없었다. 친구들 중 내가 제일 먼저 베이스를 배웠기 때문에 무대에 올랐던 것이었지, 아마도 한번이라도 무대에 섰던 경험이 있었더라면 감히 도전하지 못했을 것이다. 그만큼 무대란 무서운 곳이었다. 그래도 속으로는 나 스스로 연주를 무사히 마친 것을 자축했다. 그것은 나 혼자서 무언가를 도전하고 이뤄낸, 처음으로 느껴보는 성취감이었다. 그 아이도 나의 멋진 모습을 보았겠지? 그때부터 나는 앞으로도 베이스를 계속 할 것이며, 베이스를 더욱 잘 쳐야겠다는 생각에 주먹을 불끈 쥐었다.

무대의 감흥이 아직 가시지 않은 며칠 후였다. 좋은 일은 또 다른 좋은 일을 불러들이는 것 같다. 학교를 마치고 집으로 가는 버스정류장에서 그 아이와 마주쳤다. 그 아이와 나는 집이 같은 방향이어서 같은 버스를 타고 이런 저런 이야기를 나누었다. 그때 그 아이가 갑자기 말했다.

"오빠, 붕어빵 사주면 안 돼요?"

우리는 버스에서 내려 붕어빵을 사서 같이 발을 맞춰 걸으며 먹으면서 대화를 나눴다. 베이스를 시작하고 나서 내 인생에 찾아온 좋은 일들, 나는 웬지 베이스를 더욱 열심히 해야겠다는 생각이 들었다.

그날 이후 나는 베이스 연습에 몰두했다. 계단 아래에 있는 어두컴컴하고 매캐한 냄새가 나는 복도로 악기를 들고 나가 몰래 연습했다. 형들 앞에서 악기 연습을 하지 않는 게 불문율처럼 되어 있어서 몰래 연습을 할 수밖에 없었다. 슬랩 주법을 처음으로 완성하던 날, 그 순간의 기쁨은 아직도 기억이 난다.

그때 지금은 로맨틱펀치라는 밴드에서 드러머로 활동하고 있는 용진이도 만났다. 용진이는 중학교 1학년 때부터 드럼에 푹 빠져 있던 아이였다. 교회 오빠로 군림하며 밸런타인데이나 생일이면 선물꾸러미 때문에 친구들의 도움 없이는 집에도 못 갈 정도였다.

원래 드럼과 베이스는 음악적으로 잘 맞는 악기이기도 하지만, 나는 용진이와 유독 잘 맞아서 많은 시간을 함께했다. 우리가 좋아하던 밴드 예렘이의 곡을 드럼과 베이스로만 맞춰보기도 하고, 서로 좋아하는 곡을 추천해주며 음악적인 정서를 공유했다.

일탈 아닌 일탈로 처음으로 맥주를 마시면서 '음악을 하자'라는 결의를 다지기도 했다. 지금은 서로 다른 밴드에서 각자의 길을 가고 있지만, 용진이가 있어서 음악에 더욱 빨리, 더욱 깊이 빠져들 수 있었다.

그러나 혼자서 연습을 하면 할수록, 음악에 한 발짝 다가가면 갈수록 한계에 부딪히며 정식으로 배우고 싶은 욕구가 강하게 들었다. 엄마를 졸라 동네 음악학원에서 베이스를 배웠고 이후에는 혼자서 CCM 곡을 카피해서 연주해가며 실력을 쌓아갔다.

아무것도 없었던 그 시절에 베이스와 처음 만났고, 그 아이와 용진이를 처음 만났다. 그리고 하루하루 베이스와 함께하며 나도 모르게 음악 속으로 뚜벅뚜벅 걸어 들어갔다. 인연이란 이처럼 우연히 찾아왔다.

악동 병철이 형

　　베이스가 내 인생의 전부라 믿으며 대학 입시를 준비하던 때는 가장 치열하게 살면서도 자신감만큼은 최고였다. 어린 마음에 갖는 자만심이었는지도 모르겠으나 내가 최고라 믿었던 그때, 입시학원은 한마디로 내 구역이었다. 늘 에이스로 통했고 또래 친구들에게는 동경의 대상이었다. 언제나 '최고'란 말을 들었고 라이벌 따위는 없었다. 그렇게 엄하던 선생님들도 내가 연주할 때만큼은 엄지손가락을 치켜세웠다. 황제 대접을 받으며 난 항상 그들의 관심 속에 있었다.

　　연주를 하는 것만으로도 우쭐하던 시절이었다. 그때 난 내가 가고 싶은 학교를 골라서 가는 일만 남았다고 생각했다. '어디 한번 연주해볼까'라고 마음먹고 멋들어지게 완주를 하고 나면 칭찬뿐이었으니까. 하지만 보기 좋게 예상은 빗나갔다. 원하던 대학은 낙방했다. 역시 인생이란, 아

147

주 당연하다고 생각한 일들에서 뒤통수를 맞는가 보다.

온몸에 힘이 빠지고 아무 일도 손에 잡히지 않았다. 그러나 지금 돌이켜 생각해보면 다행인 것 같다. 덕분에 나를 더 담금질할 수 있었고 부족한 부분을 채워갈 수 있었던 기회가 되었다. 하지만 어릴 때는 보고 듣는 게 전부라고 믿었다. 어리석게도……

독실한 크리스천 집안에서 태어난 나에게 교회는 집처럼 편한 공간이었다. 본격적으로 음악을 해야겠다고 마음먹었을 때도 CCM을 제외하고는 그 어떤 음악도 관심이 없었다. 그때 나에게 대중음악은 들리지도 않았다. 나의 첫 스승을 만나기 전까지는……

악퉁이란 밴드에서 활동하는 병철이 형은 대쪽 같은 나의 고집을 단번에 꺾은 내 인생에서 소중한 사람이다. 내게 새로운 세상을 보여준 형 덕분에 지금의 내가 있다고 감히 확신해본다.

고등학생 2학년 때 처음 만난 병철 형은 장동건을 닮은 잘생긴 얼굴에 연주도 잘하는 실용음악과 학생이었다. 그때 형은 앞머리가 길었는데 무대에서 악기 연주를 심취해서 하다가 앞머리를 추어올릴 때면 내 심장이 다 무너지는 것 같았다. 그런 형이 멋있다고 느껴질 때면 나는 말하곤 했다.

"형 장동건 닮았어요."

그러면 형은 창피하다는 듯 나를 툭 치며 말했다.

"야, 어디 가서 그런 말 하지 마."

그때 나에게 형은 엄청난 존재였다. 큰바위 얼굴이란 밴드부터 레드
핫 칠리 페퍼스까지, 형이 소개해준 모든 음악은 장르를 불문하고 베이스
가 들려줄 수 있는 새로운 세계를 보여줬다. 그야말로 베이스란 악기가 비
로소 내 품에 들어온 순간이었다.

단순히 베이스에만 집중하고 연습했던 내가 밴드의 매력을 느끼기 시

작한 것도 그때였다. 모든 악기가 어우러져 완벽한 합을 이루면 마음을 움직이는 걸 느끼며 가슴이 뛰었다. 처음 그런 경험을 하게 된 나는 본격적으로 밴드 음악을 탐구하고 푹 빠져들었다.

형이 소개해준 그때의 음악은 호기심어린 나의 마음을 흔들고 또 흔들었다. 나중에 들은 얘기로는 그때 형에게서 배운 기간은 고작 3개월이었다고 한다. 하지만 나에게는 너무도 기억이 강렬했던 건지, 병철 형과의 시간이 학창시절 전부라고 느껴졌다. 이후 문제의 입시 음악학원에서 에이스 대접을 받았던 것도 다 병철 형에게서 제대로 실전 수업을 받은 덕분이었던 것 같다. 낙방을 경험한 짧고 굵은 인생 수업도…….

당시 나는 12시간의 계획을 세워놓고 연습에만 매달렸다. 아침에 일어나서 자기 전까지 베이스가 손을 떠나지 않았다. 그렇게 재수의 시간을 거친 후 모두가 꿈꾸던 서울예대 실용음악과에 합격했다. 어느 환경에서든 마찬가지겠지만, 자기가 얼마만큼 하느냐에 따라 실력이 결정된다고 생각한다.

본격적으로 제대로 음악을 시작하게 되는 20대 초반에는 더더욱 그렇다. 마음에 맞는 친구들과 술도 한 잔씩 하고 즉흥연주도 하면서 밤새 어울렸던 그때, 정작 수업보다 소중한 건 친구들과의 그런 추억이었다. 그때는 놀이 자체가 공부였다. 늘 음악과 함께였으니까. 방구석에서 연주만 하던 내가 점점 밴드의 매력을 느꼈던 것처럼, 그제야 더 큰 숲이 보이기 시작했다.

오랜 경력은 실력과 여유를 선물하는 대신, 나태함과 거만함의 위험
도 안겨준다. 그래서 치열하게 연습하고 탐구하는 시간은 그때가 아니면
못하는 것이다. 틀려도 좋다. 그런 과정을 거치며 진짜 나를 알고 배워갈
수 있기 때문이다. 분명한 생각은 나이가 어릴 때일수록 더 많이 느껴봐야
한다는 것이다.

누구에게나 전성기가 있다. 그게 남들에게 인정을 받든, 스스로 만족
하는 시간이든. 하지만 나중에는 다 알게 된다. 인생에서 마주하는 순간들
은 최고든 최악이든 다 지나가기 마련이다.

거칠게 달려온 그때 그 시절처럼 지금의 나는 그렇게 밤새 연주에 몰
두할 수 있을까? 그럴 수 없을 것이다. 대신 나를 스스로 컨트롤하는 법을
배웠다. 병철 형은 자신이 내게 얼마나 큰 영향을 주었는지, 내게 얼마나
큰 존재였는지 모른다. 하루 종일 베이스를 연주하던, 갓 대학에 입학해
음악만을 좇았던 스무 살의 나에 대해 이렇게 고마움을 느끼게 될지 그때
는 몰랐다.

10대 때 놓치지 않았더라면 좋았을걸
언어 공부를 열심히 할걸
모든 공부가 다 중요하다는 걸 미리 알았더라면…….
피아노를 배워둘걸
록그룹 공연 같은 걸 많이 할걸
그리고 피부 관리도.

같은 키, 같은 생각

　베이스는 늘 과묵하게 같은 자리에서 성실한 소리를 내는 악기다. 사춘기가 되기 전 중학교 1학년 때 베이스를 처음 만나고, 나와 키가 똑같았던 베이스는 마치 동갑내기 친구처럼 그렇게 다가왔다. 이제는 나와 성격마저 닮아 있는 친구 이상의 존재다. 교회 선교단에서 연주를 처음 시작했던 때부터 베이스는 늘 함께였다. 선교사 선생님이 귀엽게 놀리시던 게 기억난다.

　"네 키만 한 녀석을 연주하고 있네."

　사실 처음부터 베이스에 매력을 느낀 것은 아니다. 여러 악기에 도전했으나 피아노는 바이엘까지, 통기타는 한 달을 겨우 버티고 포기했다. 교회에서 반강제적으로 베이스를 맡게 되었고 지금은 직업이 되었다. 교회에서 가장 멋진 형의 화려한 연주에 반했던 이유도 있었다. 그때 다른 악기를 맡았다면 내 인생은 어떻게 되었을까. 소리가 잘 들리지는 않아도 음악 전체를 꽉 채워주는 베이스의 든든함이 참 좋았다. 전체를 리드하는 역할은 베이스의 백미다. 베이스는 부드러운 음악을 한없이 따뜻하게 감싸주고 흥겨운 음악에서는 리듬감을 살려준다. 어떤 악기도 흉내 낼 수 없는 묘한 매력이었다.

연주를 시작한 대부분의 사람들처럼 나도 처음에는 슬랩 주법에 흠뻑 빠졌다. 줄을 손으로 타격해 강하게 당기는 소리를 내는 연주 기법인 슬랩은 멜로디 악기이면서 리듬 악기인 베이스의 매력이 가장 잘 드러나는 스킬이다. 나 역시 뭔가 화려한 모습에 사로잡혀 밤새 연습했다. 지금 와서 생각하면 그런 모습이 귀엽게 느껴진다. 누군가에게 보여주기 위해 뽐내려고 연습했던 거지만. 지금은 오히려 담담하게 연주하는 스타일이 훨씬 듣기 편하다.

주의 깊게 들어야 소리가 점점 뚜렷하게 들리는 베이스는 차분하면서도 오버하지 않는다. 베이스의 묵묵함, 그런 점은 꼭 나랑 닮았다. 연주하는 사람도 그렇게 만드는 마법 같은 악기다. 전혀 그렇지 않은 사람도 계속 연주하다 보면 악기를 닮아가는 듯하다. 마치 악기가 사람을 또 다른 성격으로 인도하는 것 같다.

어릴 때는 테크닉이 좋은 연주자가 훌륭하다고 생각했다. 사춘기 때

에는 더욱 그랬다. 화려한 연주는 금세 사람의 마음을 사로잡으니까. 곱씹어 들을수록 깊은 맛이 나는 법인데 그땐 그걸 몰랐다. 속주와 기교의 시절을 보낸 나 역시 결국 간결한 주법에 관심을 가지게 된 것처럼, 꾸준히 하다 보니 비로소 그런 것들이 보이게 되었다.

기본기 없이 기교만 익히려는 것은 좋은 방법이 아니다. 어린 시절의 나 역시 고지식하게 테크닉에만 집중하느라 정작 중요한 감성을 놓쳤던 것은 아닐까. 이제는 평이하게 들려도 맛을 내는 쪽에 관심이 간다. 기교를 부리는 것은 호기 어린 친구들이 뽐내듯이 하는 것 같다.

'나 이만큼 하는데 한번 들어볼래?'

마치 이런 기분이다. 나만의 스타일로 깊은 맛을 들려주는 것, 그게 가장 큰 관심사다.

음 하나하나를 정성껏 연주해 곡 전체의 맛을 담아낸다는 것은 얼마나 어려운 일인지 연주해본 사람만이 안다. 모두가 화려한 기타 솔로만을 바라볼 때도 흔들리지 않는 고집을 가진 베이스의 매력도…….

마치 어른이 되는 과정과 같다. 나이만 먹는다고 해서 어른이 아닌 것처럼, 살아가면서 점점 다른 새로운 것이 보인다. 좀 더 여유를 갖게 되고 제법 의연하게 대처할 줄도 아는 나이가 되면서 자극적이고 화려한 게 전부가 아니라는 것은 알게 된다. 현명하게 세상을 대할 줄 아는 어른처럼,

악기도 그렇게 다룰 줄 알아야 한다.

　음악을 사랑한다면 그 사랑이 식지 않게 노력해야 한다. 자신이 잘하는 것만 고집하는 것은 무슨 일이든 상당히 위험하다. 나도 한때는 내 실력이 최고라 믿으며 자만했던 시절을 보냈다. 스스로 자신을 그런 식으로 규정짓는 것 또한 위험하다. 그것은 더 이상 노력하지 않겠다는 말과 같기 때문이다. 자신이 가장 잘 알고 있을 것이다.

　고인 물은 썩을 수밖에 없는 것처럼, 멈추지 않게 흐르겠다는 마음가짐은 앞으로도 내 음악 인생의 중심을 잡아줄 기준이 될 것이다. 베이스의

묵직한 저음처럼, 든든하게 내 삶을 지탱해줄 믿음이다. 그냥 말없이 날
지켜주는, 지금은 나보다 한참 작아진 베이스를 보며 인생에 대한 생각을
해본다.

뒤늦은 깨달음

베이스의 매력을 제대로 느끼게 해준 밴드 미스터빅은 늘 감탄의 대상이었다. 베이시스트 빌리 시언의 모든 것은 신선한 충격이었고, "멋지다"를 연발했다. 그가 연주하는 베이스는 뚜렷하게 내 귀에 박혔다. 누구나 인정하는 테크니션 밴드 미스터빅은 베이스가 전면에 드러나는 음악을 들려줘서 좋았다. 특히나 리드미컬한 연주를 들려주면서도 안정적인 그의 연주가 좋았다. 어떻게 하면 저런 사운드가 나오는지 스스로에게 질문을 던졌다. 그리고 어떤 개성과 어떤 표현 방법이 내게 어울릴지 한참 고민했던 사춘기 시절이었다.

대학입시를 준비하던 시절의 나는 어리석게도 테크닉에만 집중했다. 아무 때나 '나 잘하지?'라며 스킬을 드러내는 것만큼 어리석은 짓은 없는데, 지금 생각하면 그 시절의 내가 부끄럽다. CCM 음악이 전부라 믿었던 나는 그의 연주를 접하고 대중음악에 대한 생각도 바뀌었다. 또 좋은 연주를 골라 듣는 능력도 더불어 생기게 되었다. 노련한 연주력보다 중요한 무언가를 처음으로 느낀 시기였다.

가장 치열하게 연습에만 매달렸던 고등학교 3학년 때, 자코 파스토리우스의 'The Chicken'은 내 인생에서 잊을 수 없는 곡이다. 전설적인 베이시스트의 곡이자, 음의 수도 많고 화려한 음악인 만큼 당시 입시생들 사이

에서는 소위 말해 '먹어주는' 곡이었다. 나 역시 밤새 그 곡을 파고들었다. 가장 화려한 하이라이트 부분을 연주했을 때 선생님이 하신 칭찬이 아직도 생생하다. 원래 무서운 분인데, 내게는 이렇게 말씀하셨다.

"넌 지금 당장 시험 봐도 대학 붙는다!"

선생님의 그 말 한마디는 결과적으로 내가 연습을 게을리하는 계기가 되었다. 예민한 시기, 나도 모르게 자만했다.

'그래, 이 정도면 됐어. 더 이상 연습할 필요 없겠다!'

음악에는 왕도가 없는데 말이다. 베이스 연주를 떠나 밴드 비틀즈는 선망의 대상이다. 사실 나이가 들고 한참 뒤에야 비틀즈의 매력에 빠졌다. 너무나 유명한 밴드니까 그냥 그러려니 했다. 대학생 때 친척 형이 나에게 비틀즈의 음악을 들려주면서 "좋지 않냐?" 했는데 그때 난 이렇게 답했다.

"형, 음악 하는 사람들은 그런 거 안 들어요!"

그로부터 시간이 한참 지난 뒤에 형이 갑자기 세상을 떠났다. 무엇 때문에 그랬는지는 잘 기억나지 않는다. 형을 보낸 슬픔을 달리 표현할 길이 없어서였을까. 내가 비틀즈를 다시 꺼내 듣기 시작한 지 2~3년째다. 그리고 이제 와서야 알게 됐다. 나중에 시간이 지나도 변하지 않을, 명곡도 이런 명곡이 없다고. 그동안 왜 그냥 모른 채 흘려들었을까 생각하니 한 음 한 음 더 깊이 다가왔다. 그래서 더 좋아하게 된 것 같다. 그때는 라운지 음악처럼 늘 켜놓았다. 나중에 안 사실인데, 멤버들이 코드 진행 같은 걸 떠나 본능으로 곡을 만들었다고 하니 더욱 감탄스러웠다. 시대를 초월해 앞으로도 비틀즈를 뛰어넘을 뮤지션이 있을까 싶다. 게다가 세계적으로 대중적인 인기도 얻었으니 말이다.

누구나 사춘기 때 빠졌던 음악은 평생 기억에 남는다. 요즘에는 더 실감한다. 더불어 점점 무뎌지는 감성도……. 그나마 다행인 건 솔루션스의 정식 멤버가 되어 경험한 여러 공연이 내게 큰 자극으로 다가왔다는 점이다. '좋으면 좋다'고 감정 표현에 솔직했던 어린 시절의 내 모습과 지금의 내가 확연히 다르다고 느낀 건 한솔이 덕분이다. 일본 섬머소닉 페스티벌에서 공연할 때, 시큰둥한 나와 달리 한솔이가 미칠 듯 감격하는 걸 보면서 나도 덩달아 감동받았다. 그동안 내 할 일만 하면 된다고 믿었다. 이제는 묵묵히 연주만 할 것이 아니라 고개 들어 관객들과 눈도 맞추며 감정을 나눠야겠다는 생각도 한다. 한 소절의 멜로디에 순간적으로 감동을 받던 사춘기 때가 새삼 그리워진다.

선택의 책임

사람은 살면서 수많은 선택을 한다. 심지어 점심식사 때 메뉴를 고를 때도, 외출할 때 무슨 옷을 입을까 옷장을 들춰볼 때도, 인생은 선택의 연속이다. 그리고 무슨 일이든 내가 선택한 말과 행동에는 책임이 따른다. 어떤 결과든 내게 돌아오게 되어 있고 그것을 감수해야 하는 것 또한 자신의 몫이다.

나는 군 생활 때 불가피한 선택으로 꽤 오랫동안 괴로운 시간을 보냈다. 아직도 군대에서의 그 일을 떠올리면 내가 바보 같다는 생각이 든다. 하지만 나한테 일어나지 말았어야 할 일이라고는 생각하지 않는다. 그때로 다시 되돌아간다고 해도 모든 여건은 그 일이 터질 수밖에 없었을 테니까. 내가 아니었으면 다른 사람이 그 일로 고생을 했을 테니까. 딱 6년 전에 일어난 일이다.

악통 병철이 형 덕분에 내 인생에 중요한 또 하나의 이정표를 세웠다. 서울예대 실용음악과 합격보다 더 어렵다는 해군홍보단에 지원해서 합격 통지서를 받은 것이다. 형이 해군홍보단 출신이어서 나도 해군홍보단을 알게 되었다. 2010년 맑은 가을 날, 나는 부푼 기대를 안고 가족들의 배웅을 받으며 진해로 떠났다.

진해, 처음 가본 곳이었지만 낯설지는 않았다. 해군홍보단에는 내가 아는 학교 형들이나 병철이 형 때문에 알게 된 형들도 많았다. 어려서부터 조용하고 묵묵하게 내 일을 하는 편이라 나의 존재감을 많이 드러내는 편은 아니다. 그건 군 생활에서도 마찬가지였다. 모든 군대가 그러하듯 선임병들의 명령에 복종하며 하루하루가 흘러갔다. 가만히만 있어도 중간은 간다는 나의 군 생활은 그렇게 흘러가고 있었다.

군에 입대한 지 고작 6개월가량 지났을 무렵이었을까. 그때 나의 군 생활, 그 이후의 삶마저 송두리째 흔들어버린 사건이 터지고야 말았다. 하루 일과를 마치고 내무반에서 쉬고 있는 나를 불러낸 동기들이 말했다.

"우리 이대로 있을 수 없지 않아?"
"그래, 상부에 보고하자!"
"맞아!"

선임병들의 부조리한 행태를 보고하자는 얘기였다. 그때의 우리로서

는 인간 이하의 대접을 받고 있다고 생각
했다. 다들 동참하는 분위기여서 나도 아무
생각 없이 말했다.

"그래!"

우리는 익명으로 투서를 했다. 그 일은
우리 말고는 아무도 모를 것이고, 우리를
괴롭히던 나쁜 관행들은 없어질 것이라 생
각했다. 상부에서 조사가 이루어졌다. 그런
데 문제는 그때부터 시작되었다.

예상과는 달리 선임병 몇 명이 다른 부
대로 전출을 가게 되었다. 해군홍보단을 명
예롭게 떠나지 못하고 다른 부대로 배속받
아 가게 된 것이다. 이렇게까지 일이 커질
것이라고 생각하지 못했다. 비밀에 부치기
로 했던 그 일을 보고받은 간부가 발설을
하는 바람에 우리가 한 일이 다 알려졌고,
결국 선배들이 들고 일어났다.

나는 주동자로 몰렸다. 동기 중에서 내

가 생일이 제일 빨라 선임군번이었기 때문이다. 그 모든 비난과 손가락질은 유독 나를 향하고 있었다.

"너 그러고도 사회 나가서 제대로 생활할 수 있을 거 같아?"
"다 음악 하는 사람들인데 한 다리 건너면 네가 어떤 애라는 거 다 알 거야."
"너 사회 나가서 일하기는 다 글렀어. 이 바닥도 다 연줄인 거 몰라?"

나는 심리적으로 엄청나게 위축되었다. 나 아니면 나를 지켜줄 사람 하나 없는 곳에서 수많은 사람, 그것도 선배들의 비난을 한꺼번에 받게 되니 어떻게 해야 할지 몰랐다. 잔뜩 화난 선임병들의 얼굴을 보니 말을 붙일 엄두조차 나지 않았다. 하루하루가 불안의 연속이었다. 해군홍보단의 주요 업무인 홍보 활동을 나가는

이외의 시간들은 모두 베이스를 붙잡고 버틸 수밖에 없었다.

처음으로 인생에서 억울함을 느꼈다. 확고한 나의 의지로 선택한 일에 대해 그런 손가락질을 받는다면 얼마든지 받아도 좋았다. 그때 선임들을 고자질한 걸 잘했다는 게 아니지만, 다시 그 순간이 온다면 어떻게 했을지 생각해본다.

그때의 나는 과연 나의 생각이 옳다고 굳게 믿었을까. 아니면, 남들도 다 그렇게 하니까 그냥 따라 했던 것일까. 그것이 어떤 결과를 가져왔든지 간에, 내 목소리를 분명히 내고 내 스스로 한 선택이 아니라는 점에서 나한테 화가 났다. 내가 동기들과 정당함을 주장하면서 한 행동에는 분명 타당한 이유가 있었지만 조직사회에서는 과연 옳은 것이었을까. 마음은 잠시 불편하더라도, 그게 로마의 법이니까 좋은 게 좋은 거다 하고 불편함을 감수해야 했을까. 어차피 지나갈 일이니까?

다시 시간을 돌린다면 반대의 선택을 할 수 있을까. 무엇이 올바른 선택이었는지는 모르겠지만, 그래도 한 번 더 고민해보고 행동했더라면 지금처럼 후회하지는 않았을 것 같다. 내가 선택한 말과 행동에는 책임이 따르는 법이니까.

'이제는 어떤 선택의 순간에서라도 나는 내 의사를 분명히 밝히리라! 바보처럼 끌려가지는 않으리라!'

20대 때 놓치기 싫은 일
결혼과 유학을 위한 용돈 모으기
라식, 책읽기, 매일 이닦기
용진과의 friendship, 페스티벌 참가
연애, 공연, 건강, 피부관리

연습일지

사람은 다 자기를 보호하려는 조개껍질 같은 본능이 있는 것 같다. 겉으로 보기에는 여려 보이는 나도 뭔가 안 좋은 상황에 몰리면 날 보호하기 위한 바리게이트를 친다. 나를 더욱 혹독하게 단련시켜 그것들이 더 이상 나를 교란시키지 못하게 하기 위해서다. 누구한테 아프다는 소리 한번 하지 않고, 그저 나 혼자서 묵묵하게…….

나는 베이스에 있어서는 완전히 미쳐 있는 놈이었다. 연습해야겠다고 마음먹은 기간 동안에는 친구도 안 만나고, 심지어는 여자 친구가 불러도 안 나갔다. 안타깝다면 안타깝고, 다행이라면 다행이다. 지금 나는 내 음악을 하고 싶다는 강한 욕구가 생겼으니까……. 내 인생에서 베이스만 보였던 두 번의 시기를 거치고 난 더 강해졌다.

서울예대 실용음악과에 떨어지고 재수를 할 때다. 나의 낙방은 주위

누구도 예상하지 못했다. 내가 다니던 학원의 소위 에이스들은 모두 서울예대 실용음악과에 들어갔다. 그해에 낙점된 사람은 나였고, 나도 주변 사람들도 내가 서울예대에 가는 건 믿어 의심치 않는 기정사실이었다. 그런데 보기 좋게 떨어졌다. 나한테 제일 화가 났다. 나의 기대, 주변의 기대만 믿고 연습을 게을리했기 때문이다.

입시에서 떨어지자 가족들의 반대가 심해졌다. 아버지는 나와 더 이상 말을 하려고 하지도 않았다. 엄마를 겨우 설득해서 한 달에 네 번 가야 하는 레슨을 두 번만 받기로 하고 나머지 시간은 연습만 했다. 하루에 14~16시간을 연습했다.

손끝에 피가 맺힐 정도로 연습했다. 하루하루 연습일지를 기록하며 그 시간을 채우기 전에는 베이스를 손에서 놓지 않았다. 친구가 불러내도 절대 나가지 않았다. 연습 시간을 다 채우면 동네 PC방에 가서 스타크래프트 한 판을 하는 게 나에게 주는 유일한 선물이었다. 나에 대한 원망과 음악이 아닌 길을 생각해보지도 않았기에 막다른 길에 섰다는 느낌으로 하루하루와 맞섰다. 그렇게 나 스스로를 혹독하게 단련시킨 열매는 달았다. 서울예대 실용음악과 합격이라는 선물을 받았다.

두 번째는 군대 사건 이후에 선임병들의 비난과 모든 화살이 나한테 쏟아졌을 때다. 작아질 대로 작아진 나는 더 이상 도망갈 곳이 없었다. 음악의 길로 접어든 나는 나름 엘리트 코스를 밟아왔다. 서울예대 실용음악과, 해군홍보단 출신이면 베스트 오브 베스트이다. 사람들이 엘리트 코스를 가고 싶어 하는 이유는 미래의 길이 보장되기 때문이다. 나 역시도 학교에 입학을 했을 때도 해군홍보단에 입대를 했을 때도 미래의 내 음악 인생을 그려보면 별 어려움이 없을 거라고만 생각했다.

그런데 군에서 벌어진 사건은 내가 아는 인맥 안에서는 이미 다 알고 있는 사실이었다. 그 사건에 대해 한마디 말도 못한 나로서는 억울한 면도 없지 않았다. 전해 들은 이야기로는 나란 사람은 이기적인 인간으로 비춰지고 있었다. 선배들이 끌어주지 않으면 내 음악의 길은 열리지 않을 거라 생각했고, 실제로 군 제대 이후 오랜 시간을 방황했다.

내가 음악을 하면서 살아가려면 믿을 건 실력밖에 없다고 생각했다. 입시 이후로 다시 손 끝에 피맺히는 지독한 훈련이 시작되었다. 또다시 연습일지를 펼쳤다. 그 일지를 하루하루 채워나갈수록 내가 음악을 못하게 되지 않을까 하는 두려움도 꼭 그만큼씩 지워졌다. 그래서 더욱 연습에만 매달렸다.

지금 생각해보면 돌고 돌아 어렵게 온 길이었지만, 그 시간들이 있었기에 더욱 높게, 더욱 멀리 뛸 수 있었던 것 같다. 움츠리는 시간은 더 멀리 뛰기 위한 준비의 시간이다. 아직 내가 누구에게 조언을 하기에는 이르다고 생각하지만, 내가 분명히 말할 수 있는 한 가지가 있다. 음악이 되었든 무슨 일이 되었든 자신이 목표한 일을 이루기 위해서는 그것을 위해 절대적으로 바칠 수 있는, 헌신적인 시간이 필요하다는 것이다. 아무리 음악적인 재능을 타고났다고 하더라도 음악이라는 것은 익혀야 하고 배워

야 하는 시간들이 필요하다. 그 시간들이 많으면 많을수록 깊으면 깊을수록 더욱 좋은 연주와 좋은 음악으로 재탄생할 수 있는 법이다.

어디선가 빅뱅의 GD가 데뷔를 준비하면서 하루에 2~3곡씩 써서 검사를 받았다는 얘기를 들었다. 처음부터 타고난 재능을 가진 자는 흔하지 않다. 우리나라에서는 더더욱 말이다. 그런 시간들이 있었기에 지금의 GD가 있는 것처럼, 음악을 꿈꾸는 사람들이라면 자신이 원하는 것을 이루고자 하는 사람들이라면 GD처럼 해야 한다. 나 역시 그 시절 스스로 확실하게 트레이닝을 했다.

음악은 타고난 재능으로 하는 사람보다는 노력으로 길러지는 사람들이 더 많다. 감히 음악천재라고 생각하는 밴드 긱스의 정재일 형도 건초염에 걸려 손목이 굳는 현상이 생길 정도로 연습을 한 것으로 알고 있다. 베이스도 잘하고 드럼도 잘 치고 편곡도 다 하고 국악마저 뚝딱 해내는 형이다. 그건 엄청난 경지가 아니면 할 수 없는 일이다. 결국 GD가 되었든 정재일이 되었든 그 정도의 자리를 바란다면 자기 자신이 스스로 실력을 인정할 때까지 혹독하게 트레이닝을 하는 시간을 투자해야 한다.

하루의 대부분을 연주에만 몰입했던 나는 그 시절이 얼마나 값진 시간들이었는지 잘 알고 있다. 할 수 있는데 하지 않는 것과 할 줄 아는 것만 하는 것은 분명 다르다. 아무리 재능이 뛰어난 사람도 노력하지 않으면 결국 제한된 능력만 발휘할 수밖에 없기 때문에 끊임없는 노력을 해야만 한다. 그것은 오랜 시간이 걸려도 꼭 해내겠다는 근성 같은 거다. 그러면서 부족한 부분을 발견하고 극복하기 위한 자신만의 방법을 터득하게 될 것이다. 나도 그런 과정 속에서 하나씩 깨우쳐 갔다. 단순히 나의 연주를 들려줘야겠다는 고집이 아닌, 전체를 보는 하모니를 이뤄야겠다는 깨우침이다. 나도 모르게 단단해지는 마음과 실력의 두께를, 아직 잘은 모르지만 그런 것들을 두고 내공이라고 하는 게 아닐까?

조던 브래드

불길한 예감은 빗나가지 않았다. '군 제대 후에 음악을 못하게 되면 어떻게 될까?', 그 예감은 적중했다. 군 생활을 마치고 나를 세션으로 불러 주는 곳은 단 한 곳도 없었다. 아주 가끔 들어오는 일이 있기는 했지만 그 것만으로 생활을 하기에는, 더욱이 미래를 계획하기에는 불안하기만 했다. 내 방 창문으로 들어오는 찬란한 봄 햇살이 처연하기만 했다. 내 마음이 무거우니 3월의 따사로운 햇살도 벚꽃 내음 가득한 학교 교정도 아무런 느낌이 없었다. 복학해서도 매일 아침 무거운 발걸음으로 학교를 가고 하루 종일 외톨이로 지내다 집에 오는 하루하루를 반복했다. 내 방, 내 마음 속에 갇혀버린 것만 같았다.

그렇게 내가 좌절만 하고 있을 때 버클리 음대로 유학 간 친구가 한국에 들어왔다. 그 친구는 내게 버클리 음대를 갈 것을 추천했다. 막막하기만 했던 그때, 불운으로 가득한 한국을 벗어나 새로운 출발을 꿈꾸기에 딱 좋은 곳이었다. 하지만 불행의 끈은 쉽게 나를 놓아주지 않았다. 버클리에 입시 지원서를 보낸 뒤 아무리 기다려도 연락이 오지 않았다. 그래서 알아보니 지원 서류가 누락되었다고 했다.

'내가 하는 일이 그렇지 뭐…….'

　서류 하나도 꼼꼼히 살펴보지 못한 내가 바보 같았다. 그런 놈한테 행운이 올 리 없었다. 좌절할 틈도 없이 그냥 그러려니 넘겼다.

　안 좋은 일은 안 좋은 일을 계속 불러오는 듯했다. 그때는 무슨 일을 해도 잘 되지 않았다. 다른 사람들에게는 쉽게 일어날 수 없는 불행한 일들이 나에게만 일어나는 것만 같아 하소연이라도 하고 싶었다. 버클리 음대에 떨어진 것도 놀랄 일이 아니었다. 그저 내가 바보 같다는 생각에 바닥이 어딘지를 모를 정도로 끝없이 추락했다.

　하늘은 더 이상 추락할 곳이 없을 때 비상할 기회를 주는 것인가? 이 이야기를 들으면 사람들은 "그까짓 게 뭐!"라고 할 수도 있다. 그래도 나한테는 분명 행운의 열쇠가 되었다. 그 순간 이후로는 모든 게 잘 풀렸다. 일이 하도 풀리지 않으니까 작은 것 하나에도 운명을 걸듯이, 행운처럼 받아들이던 때였다. 그만큼 모든 게 간절했다.

　그 행운은 농구화가 전해주었다. 농구화 컬렉션에 한창 심취했던 그 무렵, 강백호 슈즈라고 불리는 빨간 조던 브래드 신제품은 꼭 갖고 싶었던 신발이었다. 그 제품을 사려면 조던 캠핑이라고 해서 하루 전날부터 매장 앞에서 밤새 기다려야 했다. 우리나라에 100족이나 200족밖에 안 들어오는데 300~400명가량의 사람들이 신발을 사기 위해 몰린다. 밤을 보내면서 추려지는 사람은 추려지고 아침이 되면 100~200명 정도 남게 된다.

그 중에서 추첨을 통해서 선택받은 사람의 손에 들어갈 수 있었다. 그만큼 경쟁이 치열했다. 그런데 내가 바로 그 주인공이 되었다. 너무 기뻤다. 왠지 나한테도 비로소 행운의 여신이 미소를 짓는 듯했다. 그게 무슨 행운이 냐며 비웃을지 모르겠지만 난 참 좋았다. 그것은 마치 내 불행의 종말을 의미하는 것 같았다.

그 일이 있고 얼마 안 있어 솔루션스가 결성이 되면서 같이 일하자는 연락을 받았다. 버클리 음대는 가고는 싶었지만 현실적으로 1년을 더 기 다려야 했고, 다녀온다고 해도 미래가 보장된 것도 아니었다. 솔직히 버클 리는 한국에서는 더 이상 방법이 없다고 생각해서 택한 대안일 뿐이었다. 나는 흔쾌히 솔루션스와 함께하기로 했다.

음악하는 사람에게 소속이라는 것은 자기 음악을 할 수 있는 밴드다. 정식 멤버로서의 제안은 아니었지만 좋은 예감이 들었다. 더욱이 솔루션 스는 내가 평소에 하고 싶었던 음악적인 색깔을 지닌 밴드였다. 트렌디한 신스팝적인 솔루션스의 음악을 듣고 있으면 왠지 모르게 기분이 좋아지 고 새로운 에너지가 생겼다. 그것은 당시 나한테 절실히 필요했던 것이었 다. 가벼운 마음으로 나를 리셋할 수 있는 긍정적인 에너지! 그제야 겨우 기운을 낼 수 있었다.

그때부터 엉클어졌던 인간관계도 조금씩 다시 회복되기 시작했다.

한번은 예전에 친하게 지내던 형을 만났는데 이렇게 말했다.

"너 군대에서 그런 일 없었으면 우리랑 같이 일 많이 했을 텐데……."

형의 그 말은 나의 찌질했던 지난날을 날려버리기에 충분했다. 그 일 때문에 내가 기회를 못 잡았다고 생각하는 건 핑계 같았다. 그 핑계 뒤에 숨으려는 나 자신이 더 초라하게 느껴질까봐 내가 못하니까, 내가 못났으니까 자꾸 그런 핑계를 대려고 한다고 자책했다. 그런데 형이 그 일 때문에 내가 일을 못했던 거라고 분명히 짚어주니까 마음이 한결 가벼워졌다.

내 인생의 블랭크 같았던 군 제대 후 4~5년 동안은 그야말로 좀비처럼 하루하루를 버티던 시간들이었다. 그때는 허송세월을 하고 있다고 느꼈는데, 지나고 보니까 지금은 참 소중하게 다가온다. 그 시간들이 있었기 때문에 나한테 더욱 집중할 수 있었다. 내가 진짜 하고 싶은 게 무엇인지, 그리고 나의 미래에 대해 말이다. 그저 평범한 20대 청춘의 시기에 잠깐 한계에 부딪힌 것에 불과했다.

그때 내가 만난 인생은 하루아침에 나한테 등을 돌린 매몰찬 연인 같았다. 그 시기를 지나면서 내가 알게 된 것이 있는데, 인생이라는 녀석이 나에게 등을 돌릴 때면 녀석이 다시 다가올 때까지 묵묵히 기다려야 한다는 것이다. 녀석이 다시 올 때면 그 자리에 그대로 서서 기다려준 나에게 고마워하며 선물 보따리를 가지고 올지도 모른다. 내 20대의 담금질이 남은 내 인생에도 선물을 가져다주리라 기대한다.

왜 음악을 할까?
왜 살까?
난, 내가 죽었을 때
누군가 나를 기억해주지 않아도 별로 상관없다.
그런데 살았을 때 꼭 해보고 싶은 일,
베이시스트로서 이름을 날리는 것이다.
죽을 만큼 사랑에 미쳐보고 싶고
우정이라는 이름으로 언제나 친구와 함께하고
좋은 제자 한 명도 가지고 싶다.

나의 밴드, 나의 음악

언제부턴가 내 음악을 하고 싶어졌다. 음악 하는 사람에게는 두 가지 길이 있다. 연주를 잘하는 사람과 자기 음악을 하는 사람이다. 사실 그동안은 베이스 연주를 잘하는 일에만 관심이 있었다. 연주를 잘하는 게 최고라고 생각했다. 그래서 많은 베이시스트의 곡들을 카피해서 죽어라 연습을 했다.

내가 다닌 서울예대 실용음악과의 분위기도 그랬다. 학교 다닐 때부터 세션 활동을 많이 하기 때문에 연주자로 성장하고 싶어 하는 사람들이 많다. 최현호, 샘 리, 함춘호 같은 분이 대표적이다.

군을 제대하고 나서부터였던 것 같다. 나는 남의 음악을 연주하는 세션 자리에 목을 메고 있는데, 주변의 많은 밴드맨이 자신의 음악으로 사랑받고 열심히 해나가는 것을 보면서 부러웠다.

'나도 나의 밴드, 나의 음악을 하고 싶다!'

2014년 겨울에 솔루션스의 유럽 투어 공연을 함께하면서 이런 욕구가 더욱 강해졌다. 낯선 나라에서 처음 보는 사람들이 우리의 음악을 들으며 웃고 울고 하는 모습을 보면서 뮤지션으로서 신세계를 경험하는 기분이었다. 우리끼리 하루 24시간을 붙어 있으면서 무대와 음악에 대해 많은 이야기를 나누었다.

사실 유럽으로 떠나기 전까지만 해도 나와 한솔은 솔루션스에 대해 어떤 이야기도 하지 않았다. 나의 밴드, 우리의 밴드가 아니었으니까. 유럽에서 짧다면 짧고 길다면 긴 시간을 동고동락하면서 가슴이 먼저 움직였다. 다음 공연에 대한 무대와 연주, 솔루션스의 음악적인 방향에 대해 내 목소리를 내기 시작했다. 내 목소리를 낸다는 것은 밴드에 대한 애착과 책임이 생겼다는 의미이다. 나의 몸과 마음이 솔루션스라는 동아줄에 서서히 묶이고 있었다.

얼마 전부터는 시간 나는 대로 내 음악을 끼적이고 있다. 뮤지션이라면 결국은 자기 음악을 해야 한다. 내 나이 서른넷, 지금 나에게 그때가 왔다. 내 음악을 받아줄 나의 밴드도 있다.

나의 음악을 만들면서 대학 시절이 무척 아쉽게 느껴졌다. 그때는 왜 그렇게 세션 활동에만 혈안이 되어 있었을까? 세션 활동은 자신의 음악적인 색깔을 만들어나가기 힘들다. 그 안에 있을 때는 잘 모르지만 나중에 보면 자신이 사라져 있는 것을 느끼게 된다.

　나는 후배들에게 악기 연습도 좋지만, 음악도 많이 듣고 작곡도 많이 하라고 조언하고 싶다. 악기만 보다 보면 재즈를 할 수밖에 없다. 좀 더 먼 안목으로 자신의 음악을 어떻게 풀어갈지 고민했으면 좋겠다. 음악도 들어주는 사람이 있어야 한다. 악기 연습을 하겠다고 집 안에만 있으면 어쩌면 세계 최고의 연주자가 될 수는 있을지 몰라도 대중과의 소통은 놓칠 수 있다.

　연주 스킬만 보지 말고 음악의 전체적인 흐름을 볼 줄 아는 뮤지션이 되어야 한다. 나는 지금에서야 그것을 깨닫고 내 음악 인생의 방향을 수정하고 있다. 스무 살때는 무엇이든 아무거나 막 해도 되는, 이성을 내려놓고 완전 똘아이가 되어도 좋은 나이다. 학교에서도 음악적인 스킬보다는 창작을 더욱 많이 하는 수업을 했으면 하는 바람이다.

　다양한 사랑의 경험도 내 음악의 좋은 소재가 된다. 여자 친구와 내가 쌓은 사랑의 추억이 오롯이 나만의 음악이 되고 있다. 한때 악기 연습에 집중할 때는 여자 친구가 음악을 하는 데 방해가 된다고 생각한 적도 있다. 연습해야 하는데 여자 친구가 불러내면 나도 보고 싶으니까 달려나간다. 여자 친구를 만나서는 '연습해야 하는데' 하고 곧 후회하곤 했다. 악기를 사야 할 돈이지만 여자 친구에게 선물을 사주고 악기를 사지 못할 때도 있었다.

　그래도 여자 친구를 만나면 좋았다. 지금은 이별했을 때의 아팠던 기

억조차 모두 애틋함으로 남아 있다. 그 순간의 기억들을 가사로 쓰고 멜로디를 만들면서 나만의 음악이 되고 있다.

곧 나의 밴드에서 나의 음악을 연주할 날이 머지않았다. 솔루션스는 앞으로 더욱 좋은 음악을 많이 만들어낼 것이다. 왜냐하면 나의 음악이 들어갈 것이니까, 단지 그 이유만으로! 나는 더욱 행복하게, 더욱 열심히 음악을 할 수 있을 것 같다.

광란의 무대

"우리가 유럽 투어를?"

사실 큰 기대를 품고 달린 첫 공연장의 풍경은 보기 좋게 예상을 빗나갔다. 낭만을 즐길 틈도 없이 도착한 러시아. 꽃다발을 든 팬들의 환영은 커녕, 많은 악기와 장비를 포함한 트렁크 열 몇 개가 우리를 기다리고 있었다. 세계무대에 도전장을 던진 역사적인 날이란 거창한 생각은 금세 던져버렸다. 러시아의 정취 따위를 느낄 겨를도 없었다. 두 손은 무거운 짐을 챙기기에 바빴다. 온몸이 땀에 절었지만 견딜 수 있었던 건 우리 음악을 들어줄 팬들 때문이었다. 파란 눈의 사람들, 그들의 열렬한 함성이 귀를 때릴 것을 기대하며……

나는 편한 마음으로 시작했다가 격정적으로 끝난 독일 쾰른 공연을 솔루션스 유럽 투어 최고의 명장면으로 꼽는다. 영화 속 파티의 한 장면

같았던, 흥에 겨워 모두의 얼굴에서 웃음이 떠나지 않았던 그곳이 아직도 생생하다. 멤버들도 나와 같은 마음인 것 같아 미소가 번졌다. 가슴 한쪽이 움찔움찔하면서도 나와 관객들이 서로 '너도 그렇지?'라고 말하고 있는 것만 같았다.

언제 이 투어가 끝날까 싶었는데 어느새 마지막 공연이었다. 모두 서운하고 아쉬운 마음으로 숙소를 나섰다. 첫날의 긴장과 설렘은 없었다. 일상처럼 편안했다. 유종의 미를 거둬야겠다는 건 말하지 않아도 다들 느끼고 있었다. 잘하지 않으면, 아니 즐기지 않으면 아무 의미가 없을 것만 같았다. 기분 좋은 떨림, 그리고 묵직한 부담감. 무대에 오르기 전, 멤버들과 딱 한마디를 주고받았다.

"마지막 날인 만큼 오늘은 다 내려놓고 즐겨보자."

한 명이라도 더 우리의 이름을 기억할 수 있도록 즐기는 거다!

그동안의 실수를 분석하고 만회하자는 게 아니었다. 그저 기분 좋게 모든 부담을 내려놓고 즐기자고 합의했다. 당연하고 뻔한 얘기지만 엄청난 깨달음을 얻었다. 우리가 왜 음악을 하는지에 대한 본질적인 질문에서 출발한 한마디였다. 여러 도시를 돌며 공연을 하면 할수록 우리가 무엇이 부족하고 무엇이 필요한지 온몸으로 절실히 느끼게 된다. 모든 걸 내려놓은 덕분일까. 광란의 무대가 펼쳐지고 있었다. 투어의 마지막 무대. 어느

새 긴장과 초조함보다는 여유와 행복감으로 가득했다. 유럽의 공연장에서 만난 태극기 때문이었을까. 독일 팬들이 무대 뒤편으로 굉장히 큰 태극기를 달아주었다. 알록달록한 조명에 비치는 태극기는 무한 감동으로 다가오며 색다른 기분을 안겨주었다. 떨리는 것도 모자라 심장이 가슴뿐만 아니라 몸 여기저기서 뛰는 것처럼 울리던 공연 때와는 다른 편안함 말이다. 그동안의 무대에서 공연 본연의 에너제틱한 재미를 느꼈다면 이곳은 훨씬 정돈된 차림을 하고 있는데도 자유로운 분위기로 가득했다.

관객들이 하나둘씩 열광하기 시작했다. 한마디로 영화 같았다. 모두가 자유롭게 춤을 추고 우리 음악을 즐기고 있었다. 관객들은 리듬에 맞춰 근사한 몸놀림을 보여줬고, 우리는 그들에게 최고의 파티 BGM을 선사했다. 관객 수는 중요하지 않았다. 첫 곡부터 함께했던 사람들은 마지막 노래가 모두 끝날 때까지 장관을 연출했다. 한 명도 가만히 있지 않고 끝까지 환호하고 몸으로 반응해주었다.

마지막 공연이라서 더 그랬을까. 낯선 땅에서의 고생을 단번에 보상받는 느낌이었다. 그곳은 음악을 사랑하는 사람들뿐이었다. 그저 한 공간에서 음악을 즐기는, 평생 잊지 못할 최고의 순간들로만 가득했다. 어느새 관객과 우리는 하나가 되었다. 노래하고 연주하고 즐길 수 있다면 그걸로 됐다. 모든 게 '설렘'이란 한 단어로 기억될 순간이었다.

솔루션스도 관객도 아쉬웠던 유럽 투어의 마지막 무대는 그렇게 끝이 났다. 처음으로 경험하는 낯선 나라에서의 릴레이 공연. 체력 안배도 중요했고 정신적으로도 압박감이 심해서 그랬을까, 러시아를 포함한 여러 나라를 돌면서 아쉬움을 가볍게 털어버리고 싶어서일까. 마지막 독일 쾰른 공연이 애틋하게 느껴지는 건 정신적으로 자유를 느꼈기 때문일 것이다. 머릿속을 휘감고 있던 거추장스러운 것들을 떼어내고, 마지막 남은 짐들도 벗어던지며 비로소 우리다워졌음을 느꼈다. 마치 영화 〈블랙스완〉의 한 장면처럼. 모든 것을 내던지자 소리에 더욱 집중할 수 있었다. 정신을 차려보니 음악에 모두 미쳐 있었다. 무대의 울림이 고스란히 전해지고, 그 분위기에 취해서 우리는 진정으로 음악의 즐거움을 느낄 수 있었다.

'진짜 다들 미쳤구나!'

그동안 솔루션스의 베이스 세션으로 활동해온 나는 유럽 투어를 떠나기 전, 마음속으로는 활동을 그만해야겠다는 생각을 하고 있었다. 적극적으로 의견을 내는 성격도 아닌지라, 멤버들에게 끌려가듯 지내면서 팀 내 나의 포지션이 맞지 않았다고 생각했었다. 하지만 유럽 투어는 내 생각을, 멤버들과의 관계를 몽땅 바꿔놓았다.

그렇게 나는 솔루션스의 정식 멤버가 되었다. 이제 진짜 식구가 되었다고 느껴서일까. 전보다 적극적으로 바뀐 내 자신을 보면서, 멤버들과 타협점을 찾아가는 과정을 겪으면서 지금은 새로운 날들에 대한 기대로 가득하다. 한솔이와 내가 정식 멤버로 들어오면서 솔루션스의 많은 것이 바뀌기를 바라지는 않는다. 팀 고유의 색깔을 지켜가면서도 올바른 변화가 무엇인지에 대해 고민 중이다.

　지금 걱정되는 것은 전혀 없다. 지금까지 잘해왔고 우리는 더 돈독해졌으니까. 믿음이 확신으로 바뀌게 된 건 멤버들 스스로 자신이 무엇을 어떻게 해야 한다는 것을 잘 알고 있다는 점이다. 쾰른 마지막 공연에서 느꼈던 것처럼. 굳이 말하지 않아도 다 알고 있을 것이다. 마음먹은 만큼 변할 수 있다는 걸 그때의 공연으로 몸소 느꼈다.

난 "어제 일도 내일로 미룰래?" 하며
얘기하자는 너의 말엔 웃을 수 없네.
우린 잘 알잖아.
저 태양은 또 뜨고 지는 거
매일 뜨겁게, 그렇게
너의 눈으로 날 안아줘.

THE SOLUTIONS

Part 4 한솔

No Problem!

가을 하늘

　　열네 살의 어느 날, 하굣길에 무심코 하늘을 올려다보았다. 내 눈에 담기에 하늘은 너무나 컸다. 아름다움에 압도된 나는 그대로 서서 한참을 올려다보았다. 새파란 물감으로 물들인 하늘과 무심히 떠가는 새하얀 구름이 그림 같았던 하루였다. 그날부터 아름다운 자연, 일상의 소소한 것들에서 행복을 느끼기 시작했다. 내 삶을 지탱해주는 힘, 행복이란 사실 별 게 아니다. 푸른 하늘과 신선한 바람, 아름답게 펼쳐진 꽃들 그리고 친구들과 떠들어대던 수다마저도 행복의 소재가 된다. 어젯밤에도 떨어지는 빗소리가 너무 예뻐 한참 동안 창밖을 내다보았다. 빗소리에 어울리는 음악을 들으며 기분 좋게 잠들었다.

　　나는 스케줄이 아무리 바빠도 시간을 쪼개어 잠깐이라도 어딘가로 떠나곤 한다. 자연이 주는 행복을 마음껏 누리고 싶어서다. 나의 홀로 여행

은 스물세 살 때부터 시작되었다. 스물세 살의 어느 가을 아침, 군대를 제대하고 처음으로 막막함을 느끼던 시절이었다. 초등학교 때 드럼 스틱을 잡은 이후로 내가 음악을 하면서 살 거라는 사실을 한 번도 의심하지 않았다. 내가 마음만 먹으면 그 길은 내 앞에 거침없이 펼쳐질 줄 알았다. 하지만 막상 제대를 하고 음악을 시작하려고 하니 만만치 않았다. 당연히 나를 기다리고 있는 곳이 있을 리 없었다. 음악을 그만둘 수도, 계속할 수도 없는 하루하루였다. 그때 가슴이 조여오는 것 같은 답답함에 무작정 짐을 챙겨 떠났다.

'떠나자, 어디로든!'

첫 여행지는 부산 해운대였다. 붉게 물든 저녁놀의 하늘과 바다가 나를 포근하게 품어주는 것 같았다. 하지만 점점 쓸쓸해지며 외로움이 밀려왔다. 무한한 자유가 있었지만, 그만큼의 외로움도 함께했다. 그때 알았다. 자유와 외로움은 맞닿아 있다는 것을……. 그런데 이상한 것은 쓸쓸하고 외로움을 깊이 느낄수록 내 마음은 점점 편안해진다는 것이었다.

다음날에 도착한 포항의 바닷가는 한적했다. 어둠이 내릴 무렵의 바닷가를 걷고 또 걸었다. 그렇게 얼마를 걸었을까? 한참을 걷다 보니 아무 생각 없이 텅 비어 있던 머릿속에 내가 가득 들어와 있었다. 인생에서 처음으로 나 자신을 마주하게 된 순간이었다.

그때 처음 느낀 나 자신은 외로운 사람이었다, 아주 많이……. 그동안 나는 많은 사람의 관심과 사랑 속에 있었다. 처음으로 나를 둘러싼 보호막이 걷힌 느낌이었다. 그렇게 덥지도 춥지도 않은 바닷가에 지독한 외로움 속에 갇힌 내가 서 있었다.

포항 그 바닷가에서 가을 하늘을 올려다보며 스물세 살의 내 청춘을 하찮게 흘러가게 내버려두지 않겠다고 결심했다. 흘러가는 대로 내버려두고 있던 내 인생에 처음으로 브레이크를 걸었다.

'무엇이든 해보고 겪어보자!'

그렇게 나는 세상 속으로 뚜벅뚜벅 걸어 들어갔다. 외로움과 쓸쓸함은 그 바닷가에 남겨두고, 세상에 대한 설렘과 행복을 안고…….

외로워서 사람을 찾고
사람 때문에 외로워지고
무한반복!

베이시스트 아버지

어린 시절 내 손에는 항상 무언가가 들려 있었고, 무엇이든 두드리기를 좋아했다고 한다. 숟가락을 들고 밥을 먹기에는 너무 어린 나이였지만, 그 작은 손에 쥐기에도 커다란 젓가락을 들고 식탁을 두드렸다고 한다. 리듬이 무엇인지도 모르지만 뭔가를 두드리고 있어야 직성이 풀렸던 그 아이는 아마 어렸을 때부터 드러머를 꿈꾸었던 게 분명하다. 그때 난 어떤 음악이 들렸을까? 내 손은 그때의 그 느낌을 기억하고 있을 것만 같다. 드러머 한솔의 대견한 시작이다.

어린 시절의 나는 뼛속까지 무대체질이었다. 평소에는 쑥스러움이 많았지만, 무대 위에서만은 즐거워했다. 유치원에서 장기자랑을 할 때에도 다른 아이들은 대부분 긴장해서 울고불고 엄마를 찾는다고 난리였을 때도 나 혼자만 뭐가 그렇게 좋았는지 싱글벙글 즐겁게 춤을 추었다. 여전히 낯을 많이 가리지만 지금도 무대에서만큼은 당당해질 수 있는 걸 보면 역시 본성은 쉽게 바뀌지 않는가보다. 무대에만 서면 나 스스로도 놀랄 만큼 숨겨져 있던 힘이 마구마구 솟아난다. 어떤 날은 손바닥이 까져서 피가 날 때도 있는데, 무대에서 열정적으로 연주할 때는 아픔을 느끼지 못한다.

정식으로 드럼 스틱을 잡은 것은 초등학교 4학년 때이다. 어른들은 어린 꼬마가 잡기에는 두꺼운 스틱을 잡고 연주를 하는 모습이 귀여웠나 보다. 그때부터 난 조금씩 드러머의 꿈을 키우고 있었다.

제대로 드럼에 흥미를 느낀 건 중학생이 되어서다. 방과후 활동으로 드럼을 쳤는데, 당시 한창 인기 있었던 곡들을 카피해서 친구들과 연습을 했다. 내성적이고 소심했던 나는 학교나 학원생활에 열심인 성실한 학생이었다. 학교에서 '나 음악한다!'라고 말하고 다닐 성격이 아니었다. 하지만 드럼을 두드릴 때의 쾌감과 친구들과 함께 합을 맞춰가는 과정이 즐거웠다. 그때 밴드에 대한 동경을 품으면서 정말 열심히 노력했고 연습했다. 그리고 수업에 들어가지 않고 하루 종일 연주할 수 있는 정당한 자유가 보장된 축제 기간은 나에게 최고의 시간이었다.

음악이 그저 좋았다. 베이시스트로 밴드 활동을 하셨던 아버지 덕분에 나는 아주 어릴 때부터 음악을 접했다. 텔레비전에서 본 아버지의 공연 모습도 생생하다. 화면 가득 베이스를 연주하시던 아버지 모습을……. 개인 사업을 하시는 지금의 모습과는 거리가 멀지만, 예전에는 이승철 밴드에서도 연주하시는 등 열정이 대단하셨다. 아버지는 단 한 번도 내게 강요

하신 적이 없다. 어렸을 때부터 지금까지, 묵묵히 내가 가는 길을 지켜봐주신다. 내가 항상 자유로운 마음을 품고 살아가는 것도 모두 아버지 덕분이다.

음악을 계속 하고 싶었지만 가족들의 생계 때문에 음악을 접어야 했던 아버지는 내가 음악을 한다고 하자 좋아하셨다. 내가 초등학교 때 드럼을 배우고 싶다고 했을 때도, 중학교 때 기타를 배우겠다고 했을 때도 적극 지원해주셨다. 내가 음악을 하는 걸 누구보다 기뻐하시고 자랑스러워하신다. 뒤에서 묵묵히 나를 뒷받침해주시는 것도, 음악을 즐기면서 하고 있는 나를 보며 뿌듯해하실 거라는 것도 알고 있다. 이렇듯 나를 지켜봐주고 든든하게 지원해주시는 부모님이 있으니 나는 인생의 행운아가 틀림없다.

내게 음악의 시작은 곧 아버지다. 소심했던 내가 무대에서만큼 강심장을 갖게 된 것은 강인한 아버지를 닮아서다. 지금은 한 남자로서 아버지를 바라보고 있다. 아버지가 나였다면 어떤 선택을 했을까. 만약 나라면 어린 나이에 가족들을 책임지고 가정을 일으켜 세우기 위해 경제적으로 모든 것을 감당해야 하는 가장의 삶을 선택할 수 있었을까. 나는 그 모든 것을 견딜 수 있었을까. 아버지 역시 하고 싶은 일들이 얼마나 많았을까. 지금 내가 하고 있고, 또 많은 것을 하고 싶은 것처럼…….

아버지 덕분에 나는 지금껏 내가 하고 싶은 것을 마음껏 하며 살고 있다. 그리고 아버지의 꿈 그 이상으로 내가 잘해야겠다는 생각을 한다. 그동안 가족을 위해 희생하신 아버지께 이제는 값진 노년을 선물하고 싶다.

여름은 밤이 좋지.
겨울도
가을도
봄도
밤이 좋지.

록 스타, 록 페스티벌

2014년 8월. 나의 세포 하나하나를 일으켜 세웠던 그때를 생생히 기억한다. 굼벵이 같던 시간이 가고 그날의 해가 떴다. 드넓은 땅덩어리가 온통 열기로 뜨겁게 달궈져 내 가슴도 끓어오르는 듯했다. 온몸에 땀이 비 오듯 했지만 그런 것 따위 중요하지 않았다. 뜨거움이 아닌 가슴 깊은 곳까지 시원한 바람이 살랑살랑 불었다. 후텁지근한 8월의 여름 날씨는 내 체온마저 바꿔 놓았나 보다. 그날 나는 섬머소닉 페스티벌 무대에 서 있었다!

태양과 어둠이 조금씩 뒤섞인 여름 저녁, 무대에서 연주를 시작했다. 어느 때처럼 내 두 손에는 드럼 스틱이 쥐어져 있고 언제나 그랬듯 우리는 무대 위에서 한바탕 놀았다. 기분에 취해서인지 스틱을 잡자마자 알 수 없는 비장함마저 느껴졌다. 가슴이 벅차 올랐지만 마음은 평온했다.

서늘한 바람, 젊음, 청춘……. 이보다 좋은 것이 또 있을까. 높은 하늘처럼 기운이 솟았다. 마치 대단한 록 스타가 된 것 마냥 몇 분 동안 기분 좋은 꿈을 꾸었다.

두세 곡쯤 연주했을까. 사람들이 조금씩 모여들기 시작했다. 지나가던 사람들이 멈춰 서서 호기심으로 우리의 관객이 되어갔다. 그들의 호기심은 서서히 흥분으로 바뀌었다. 한두 명씩 그루브에 맞춰 우리 음악에 호응을 보냈다. 그때부터 제대로 흥이 오르기 시작한 건 나뿐만은 아니었다. 하지만 사람들이 비로소 귀 기울이기 시작했을 때, 우리에게 허락된 시간은 많지 않았다. 아쉬운 마음이 들기도 전에 그렇게 무대는 끝이 났다.

온몸에 흐르는 땀조차 시원하게 느껴졌다. 그저 우리 음악만 듣고 기꺼이 몇 분의 시간을 공유해준 사람들이 마냥 고마웠다. 영화 같은 몇 분이 그렇게 끝이 났고, 기분은 좋아도 너무 좋았다. 페스티벌 무대에 서는 게 한두 번도 아닌데 왜 이렇게 호들갑이냐고 묻는다면 내 나름대로 이유가 있다. 페스티벌 당시 난 솔루션스의 정식 멤버도 아니었고 우리가 선 무대는 메인 무대도 아니었지만 그것은 나의 첫 해외 공연이었다. 젓가락을 두드리던 꼬마 드러머 한솔이 동경하던 꿈의 무대.

좋아하는 일도 직업이 되면 점점 무뎌지고 감동을 느끼는 횟수도 줄어든다고 한다. 하지만 난 어린 시절의 감정 하나하나 소중하게 기억하고 아껴주고 싶다. 솔직하게 그때그때의 감정에 반응하고 싶다. 뮤지션으로 살아남고 또 인정받는다는 것. 어느 것 하나 녹록한 일이 없다는 걸 잘 안

다. 한 번도 쉬운 적 없었던 음악이지만 그저 즐거웠다. 그래서인지 내 인생에서 섬머소닉 페스티벌이 거창한 이벤트로 다가오는 것이리라.

공교롭게도 우리가 한창 연주를 시작할 때 건너편에는 어마어마한 무대가 펼쳐지고 있었다. 행운인지, 불운인지 같은 시간에 전설의 밴드 퀸이 공연 중이었다. 마음이 급했다. 무대를 마친 뒤 감동이 채 식기도 전에 그곳으로 뛰어갔다. 나도 언젠가는 꼭 한번 서보고 싶은 무대, 바로 메인 무대에 퀸 할아버지들이 있다! 우리의 작은 무대와는 비교하는 게 민망할 정도로 거대한 무대다. 사방이 열린 환상적인 무대에서 마이크를 잡은 아담 램버트의 거친 숨소리까지 생생하게 전해졌다. 발 디딜 틈조차 없이 꽉 차 있는 관객들의 뜨거운 열기로 가득하다. 감탄 또 감탄이다. 그들의 공연을 즐기는 짧은 순간에 많은 생각이 스쳐지나갔다.

'나도 언젠가 저 무대에 설 수 있기를……. 나의 미래도 저랬으면…….'

저 정도 열기라면, 내 몸에 활활 타올라도 좋을 것만 같았다. 어쨌든 퀸과 같은 시간을 공유하다니! 감개무량했다.

페스티벌은 내 안의 무언가를 깨우고 부술 만큼 강력한 기운이 전해진다. 낯선 사람들의 낯선 시선이 모두 나를 향하고 있을 때 정작 에너지를 받는 건 나다. 젊음을 불태운다는 뻔한 표현으로는 부족한 짜릿한 느낌. 게다가 어린 시절부터 동경해온 해외 무대를 차례차례 밟아가며 그 기분은 더 높이 솟아올랐다. 낯선 땅을 밟는다는 것 그 자체만으로도 설레는 일인데, 그곳에서 내 연주를 들려줄 수 있다니 더더욱 신나는 일이다.

감사하게도 올해 초 두 번째 천국을 경험했다. 미국 텍사스 주 오스틴에서 열리는 음악 페스티벌 SXSW는 파라다이스 그 자체였다. 상상 그대로를 보여준 텍사스의 첫 인상과는 달리 SXSW는 오로지 음악과 라이브, 그걸 즐기는 사람들로만 가득한 꿈의 공간이었다. 음악 하나로 모두가 즐거울 수 있는 곳, 눈치를 보는 사람도 팔짱 끼고 무대를 방관하는 사람도 없는 곳. 역시 낯선 장소, 낯선 사람들과의 의외의 즐거움은 늘 나를 꿈꾸게 한다.

꾸미지 않아도 자체 발광하는 음악의 힘, 페스티벌의 젊음은 결코 벗어날 수 없는 중독 같다. 나도 언젠가 퀸 할아버지들처럼 페스티벌의 메인 무대에 서는 모습을 상상해보았다. 하지만 그런 것 하나하나를 목표로 삼고 싶지는 않다. 꿈을 다 이루고 나면 허무해질 거라는 걸 잘 알기 때문이다. 치열하게 살고 싶지 않다. 처음 내가 음악을 만났을 때처럼 아웅다웅하면서 계속 음악을 하는 것, 그게 바로 내가 살아가는 방식이다. 그저 그렇게 즐기면서 꿈을 키워가고 싶다. 아니, 내 꿈이 잘 자랄 수 있도록 지켜주고 싶다. 잘 흘러가도록 길을 터주다 보면, 또 하나씩하나씩 이뤄지겠지. 록 스타로 산다는 것, 어찌 됐건 멋진 인생 아닌가.

검정을 좋아하는 사람은 외롭다.
그렇다기보다 검정은 외로움이 많은 색이다.
검은색을 좋아하면
어느 누군가가 싫어하는 색깔의 옷을 입을 일이
거의 없다.

나의 뮤지션

무대 위에서 자신의 모든 것을 뿜어내는 뮤지
션은 언제나 동경의 대상이다. 드럼을 시작하고 음
악에 한참 관심을 가질 무렵이었다. 중학생 때였는
데, 우리는 운이 좋은 세대로 인터넷을 통해 많은 정
보를 찾아볼 수 있었다. 학교에서 돌아온 나는 그날도
여느 때처럼 인터넷으로 음악을 찾아 듣고 있었다.

아, 그런데 꽤나 충격적인 비주얼과 강렬한 연주로 나의 시선을 끄는
사람이 있었다. 바로 X-JAPAN의 기타리스트 히데였다. 그날 이후 나는
X-JAPAN의 모든 영상을 찾아서 보고, 노래를 따라 불렀다. 히데에 관한
모든 것이 궁금해지기 시작했고, 그에 대한 작은 정보 하나까지도 인터넷
을 뒤져 찾아보았다. 기타리스트로서 멋진 연주 실력도 좋았지만, 그의 강

렬한 비주얼과 무대 위에서의 자연스러운 퍼포먼스가 한데 어우러져 그를 더욱 돋보이게 만들었다. 히데라는 사람보다 그가 가진 분위기 자체가 좋았는지도 모르겠다.

안타깝게도 비록 인터넷상에서였지만, 내가 그를 처음 만났을 때 그는 이미 이 세상 사람이 아니었다. 그는 내가 만나기 몇 년 전 자신의 집에서 돌연사했다. 영상으로만 봐도 너무도 매력적인 뮤지션인데, 실제로 그의 연주 모습을 볼 수 없다고 생각하니 많이 아쉬웠다. 그렇게 나의 뮤지션 히데는 내 마음속에 영원한 아쉬움으로 남았다.

닮고 싶은 누군가가 생긴다는 건 마음속에 커다란 변화가 일어나기 시작했음을 의미한다. 내 마음속에 히데라는 뮤지션을 담고부터 나에게도 커다란 변화가 생겼다. 당시 뚱뚱했던 나는 다이어트를 결심하며 마음가짐도 새롭게 다졌다. 손짓 하나로 수만 명을 열광시키는 그런 록 스타를 꿈꾸면서…….

내 마음속에서 히데를 향한 열정이 조금 사그라질 때였다. 나는 여전히 인터넷으로 새로운 음악을 찾아 듣고 있었다. 어느 날, 나의 시선을 강탈하는 또 다른 뮤지션이 등장했다. 밴드 블링크182의 드러머 트래비스 바커였다. 온몸을 감싸는 타투와 강렬한 비주얼, 무대 위에서의 카리스마까지 내 가슴을 두근두근 뛰게 만들었다.

액션이 큰 그의 연주 스타일도 마음에 들었다. 무대 위에서, 영상 속에서 뿜어내는 그의 큰 존재감도 좋았다. 그의 존재는 드러머를 꿈꾸는 나에

게 강한 울림으로 다가왔다.

음악뿐 아니라 그의 모든 것에 마음이 쏠리기 시작했다. 드러머로도, 음악이 아닌 다른 방면에서도 끼를 보이며 활동하고 있다는 것도 놀라웠다. 음악이라는 장르에 갇히지 않고 자신이 하고 싶은 것, 자신의 감정에 충실한 그가 더욱 멋져 보였다. 그를 보면서 멋진 뮤지션이 되기 위해서는 개인적인 경험이 되었든, 음악적인 경험이 되었든, 매우 다양한 경험을 하면서 나의 감정에 충실하자고 생각했다. 내 마음속에 또 한 명 나의 뮤지션이 각인되었다.

동경의 대상은 동경으로만 존재할 뿐이다. 나는 그들의 모든 것을 따라 했고, 그들의 삶을 알고 싶어 했다. 하지만 그들처럼 되기 위해서, 그들처럼 세계적인 스타가 되기 위해서는 아니었다. 단지 그들의 모습과 그들의 연주가 머릿속에서 계속 맴돌았고, 그러면서 하루하루 변해가는 나의 모습이 좋았다. 그들을 생각하면 행복했고, 음악을 더욱 사랑하고 연주를 더욱 좋아하게 되었다.

나의 뮤지션들에게는 그들만의 멋이 있다. 그것이 내가 음악을 하는 이유다. 내가 그들에게서 느낀 것은 멋 자체이다. 계산하지 않고 본능에 따라 즉흥적인 무대를 멋있게 해내는 모습, 그게 곧 멋진 뮤지션의 자세라고 생각한다. 그때그때 분위기에 따라 튀어나오는 내 안의 모습을 기대해 본다. 그건 앞으로도 내가 무대에서 살아남는 존재이유 혹은 생존방법이 될 것이다.

세상에는 멋진 뮤지션들이 많다. 나도 이왕 음악을 시작했으니 그들처럼 되고 싶다. 화려한 연주 테크닉이나 재능도 좋지만, 사람마다 품고 있는 생각이나 내면의 멋이 더욱 중요하다고 생각한다. 나도 그들처럼 그런 내면이 있는 뮤지션이 되고 싶다. 그 내면에서 풍겨 나오는 나만의 분위기를 가진 뮤지션이 되고 싶다. 그리고 그것들을 더욱 많은 사람과 공유하고 싶다.

나는 매사에 조급하지 않은 편이다. 그건 마냥 여유롭게 쉬엄쉬엄 음악을 한다는 말이 아니다. 욕심만큼은 내려놓고 달리겠다는 의미다. 이런

나를 보며 어쩌면 멤버들은 답답함을 느낄 수도 있을 것이다. 생각해보면 내가 조급하지 않은 이유는 음악으로의 성공, 혹은 유명해지고 싶다는 욕망을 버리고 가볍게 달렸기 때문이다. 그래서 지금처럼 음악을 그저 즐길 수 있게 된 것이다. 성공하고 싶고, 스타가 되고 싶었다면 나는 지금보다 더 치열하게 살아야 했을 것이다. 물론 그런 욕망이 없다면 거짓말이다. 하지만 그것을 목표로, 그것만을 좇고 싶은 마음은 없다. 드럼 스틱을 처음 잡았을 때가 떠오른다. 그냥 좋아서 매달렸던 그때를……. 앞으로도 계속 그렇게 살고 싶다. 나의 뮤지션들을 보면서 내가 그랬던 것처럼, 누군가도 나를 보며 외치겠지.

"아, 멋있다!"

타투

무대는 나의 모든 것을 보여주는 곳이다.

록 스타는 자신을 표현할 수 있어야 한다. 자신이 어떤 사람인지 자신의 생각을 제대로 드러내고 관객들과 소통할 수 있어야 한다. 그게 우리 음악을 사랑하고, 우리를 보러와 준 관객들에 대한 최소한의 예의라고 생각한다. 그리고 무대 위에서 보이는 나의 모습들은 평소 나의 모습과 맞닿아 있다. 평소 나의 모습과 생각이 무대에서도 그대로 보이는 것이리라.

어릴 때부터 음악은 물론 보여지는 것에도 많은 신경을 썼다. 그림으로도 나를 표현하려고 했고, 짧은 글로도 나를 표현하며 나를 보여주려고 했다. 멋있게 살기 위해서 어떻게 해야 하는가는 어릴 때나 지금이나 나에게 중요한 문제다. 물론 이 모든 건 나 스스로 즐거움을 찾아가는 행위다.

　　이런 나의 생각을 알고 있어서일까? 어머니는 내가 어릴 때부터 나의
패션 감각을 길러주려고 애를 쓰셨다. 자신의 스타일은 자신이 가꾸는 것,
옷도 자꾸 사보고 입어봐야 감각이 길러진다는 게 어머니의 지론이다. 그
래서 어머니는 내가 중학생이 되면서부터 옷을 사는 데 함께 가지 않으셨
다. 내가 필요한 것은 그때그때 어머니께 말씀드리고 혼자 가서 사왔다.
몇 번 혼자서 옷을 사보니 나에게 어울리는 스타일이 무엇인지를 알게 되
었다. 그렇게 나의 옷에 대한 애정도 차곡차곡 쌓여갔다.

타투도 나를 표현하는 한 방법 중 하나다. 남들처럼 의미심장한 메시지를 담는 게 아닌, 그저 예쁘고 스타일이 마음에 들면 그걸 몸에 새겼다. 내 팔과 등, 온몸에는 꽃과 새 등 아름다운 여러 형상이 새겨져 있다. 과정은 아프지만, 결과를 보면 참 사랑스럽다. 이유는 없다. 그냥 이게 나의 방식이다. 하고 싶어서 하는 것에 굳이 이유를 달려고 하지 않는다. 하고 싶다는 것만큼 강력한 이유는 없을 테니까.

나는 늘 만족하면서 하루하루를 살려고 한다. 하지만 매일 즐거운 일만 있었던 건 아니다. 어떤 상황이라도 만족할 줄 알고, 불만보다는 감사하면서 세상을 보려는 내 고마운 습관 덕분이다. 어디에서도, 어떤 상황에서도 내 마음의 문을 열어놓고 분위기에 취하고 싶다.

내 나름대로의 원칙은 이렇다. 꿈은 크게 가지는 게 좋지만 그렇다고 너무 무리한 꿈은 꾸지 않는다. 뭐든지 과장하고 싶지 않다. 나의 겉모습

이 되었든, 감정이 되었든……. 너무 과한 욕심으로 나를 힘들게 몰아붙이고 싶지도 않다. 모든 게 자연스러운 게 좋다.

음악도 패션도 내가 행복하기 위해서 추구한다. 내가 사는 이유가 음악이 아니라 내가 행복하게 살기 위한 가장 확실한 방법이 음악이기 때문에 하는 것이다. 늘 음악과 함께하고, 음악을 하는 것이 좋다. 이렇게 말을 하면 나에게 돌을 던질 수도 있겠지만, 나는 내가 하고 싶은 것만 하고 살아도 되는 행운아다. 내가 태어난 곳은 이태원 골짜기의 달동네였다. 어릴 때 이태원에 있는 이슬람 사원에서 찍은 사진도 있다. 그때만 해도 우리 집은 넉넉하지 못했다. 아버지가 음악을 하던 시절이었으니…….

그런 아버지가 음악을 그만두고 사업을 시작하면서 우리 집 형편은 조금씩 좋아졌다. 내 기억으로는 내가 중학교, 고등학교, 대학교로 진학할 때마다 우리 집 형편이 점점 나아졌던 것 같다. 늘 한결같은 아버지, 사랑스럽고 당찬 어머니가 만들어가는 웃음꽃 피는 우리 집이 참 좋았고, 지금도 좋다. 나도 언젠가 결혼을 한다면 더도 말고 덜도 말고 엄마 아빠처럼 살아가고 싶다.

행복은 다 마음먹기에 달렸다. 목표를 향해 조급한 마음을 가지지 않는 것도 그런 이유에서다. 무슨 일이든 다 때가 있다고 생각한다. 그러나 언제쯤에는 뭘 해야 하고, 나는 꼭 이렇게 살아야지라는 생각만으로 살아가면 어떨까. 그 모든 것을 다 이루었을 때의 허무함 또는 이루지 못했을 때의 좌절감이 두렵다. 그런 기분은 느끼고 싶지 않다. 그래서 당장의 결과에 일희일비하고 싶지 않다. 내가 우연히 드럼 스틱을 잡고 지금 즐겁게 음악을 하고 있는 것처럼, 그렇게 계속 즐기다 보면 행복은 자연스럽게 나를 찾아올 거라고 생각한다. 그때가 가장 좋은 기회라는 걸 빨리 알아채고 잡는 게 내가 할 수 있는 최선이라 믿는다. 내 갈 길을 가다보면 언젠가는 더 넓은 길이 펼쳐질 것이다. 지금 내 눈앞에 보이는 것들이 세상의 전부가 아니라는 것쯤은 나도 안다. 하지만 즐겁게만 살기에도 인생은 짧다.

스무 살의 음악

고등학교 때 스쿨밴드에 들어가면서, 아니 그 밴드에 들어가기 위해 고등학교를 가면서부터 내 인생은 결정되었던 것 같다. 음악을 하면서 살 것이라는……. 오로지 음악과 친구만 보였던 시절. 스트레스 받으며 입시에만 매달린 친구들에게는 미안한 얘기지만, 난 음악 덕분에 재미있는 하루하루를 보냈다. 물론 나도 입시를 준비하던 수험생 시절이 있었다. 하루 온종일 드럼 연습을 해야 하는 고된 시간도 있었지만, 그 기억들마저 좋게 남아 있다.

나는 여주대학교에 실용음악과 드럼 전공으로 입학했다. 머릿속에 수백 번도 넘게 그려본 대학 생활. 당연히 꿈 같은 일들로 가득할 줄 알았다. 과연 어떤 친구들이 있을까? 3월 개강, 첫 수업을 가면서 내 마음은 흥분으로 가득했다. 나처럼 멋진 뮤지션을 꿈꾸는 친구들이 있겠지?

그런데 막상 과 동기들의 얼굴을 처음 대하고는 완전 실망했다. 어딘지 남들과는 다르게 튀는 친구들의 모습을 계속해서 상상했다. 긴 머리에 옷차림도 특이하지 않을까 하고……. 하지만 짧은 머리, 단정한 옷차림에 기타를 들고 있는 친구들이 대부분이었다. 그 흔한 목걸이나 귀걸이를 한 친구들도 없었다.

하지만 그것도 잠시, 나의 실망은 곧 환희로 바뀌었다. 그 모범생 친구들은 단시간에 나의 소울메이트가 되었다. 서로 닮은 음악 취향을 공유하는 것만으로 하루하루가 즐거웠다. 수업 시간은 나의 호기심을 채워줬고, 수업을 마친 뒤에는 온종일 친구들과 음악을 나누면서 마음껏 자유를 만끽했다. 이런 세상도 있구나! 내가 좋아하는 친구들이 곁에 있고 내가 좋아하는 음악만을 생각하며 지낼 수 있는 곳. 이론 같은 건 안중에도 없었다. 엉망이었을지 모를 연주도 친구들 앞에서는 좋은 음악이 되었다. 누군가 귀에 익은 멜로디를 연주하기 시작하면 맞든 안 맞든 자기 파트의 연주를 시작했다. 어쩌면 이론보다 중요한 건 그런 음악이 주는 즐거움일 것이다.

혼자 있을 땐 작지만, 함께하면 세상에 무서울 게 없는 우리였다. 어떤 날은 학교 앞에서 술을 진탕 마시고, 밤늦게 텅 빈 합주실로 들어와 취한 상태에서 밤새 연주를 하기도 했다. 마치 내일이면 세상이 끝나기라도 할 것처럼……. 밤은 묘한 감성을 끌어냈고 술은 젊음과 열정을 폭발시켰다. 술 취한 상태로 좋아하는 음악을 좋아하는 친구들과 밤새 연주하며 내일

에 대한 불안함은 모두 날려버렸다. 음악을 하는 것도 좋지만, 좋은 사람들과 함께 음악을 해서 더욱 황홀했던 밤이었다.

그 시간들이 좋았다. 서툴렀지만 함께하며 늘 자신만만했던 그 시간들, 혼자가 아닌 함께여서 더 즐거웠던 시간들. 그때 함께 웃고 떠들고 마시고 뒹굴었던 시간들은 지금까지도 내 인생에서 가장 선명한 자국으로 남아 있다. 좋은 사람들과 함께하면 더욱 즐겁고 행복하다는 것, 이것이 내 스무 살 시절의 음악이다. 그리고 나는 음악을 더욱 사랑하게 되었고, 음악을 하면서 더욱 행복한 사람이 되었다.

4년 넘게 솔루션스에서 객원으로 활동하던 나는 올해 초 정식 멤버가 되어 달라는 제의를 받았다. 당장 결정할 문제가 아니었다. 내가 몸담고 있던 밴드 홀로그램 필름 멤버들의 의견이 더 중요했다. 나에게는 솔루션스도 중요하지만 홀로그램 필름 멤버들을 먼저 만났으니 이 친구들의 의견이 먼저였다. 멤버들은 내가 이야기를 꺼내자마자 곧바로 대답했다.

"그래."

흔쾌히 승낙해주는 친구들이 고마웠다. 그때 다시 한 번 느꼈다. 좋은 사람들 속에서 숨 쉬고 생활하고 음악을 해온 나는 행운아라는 것을…….
만약 그때 홀로그램 필름 친구들이 한 명이라도 반대했다면 나는 지금 솔루션스에 없었을 것이다. 고마운 친구들!

사랑스러운 나의 20대

내 나이 스물여덟, 이제 곧 스물아홉이 된다. 20대의 끝이다. 나의 20대를 생각하면 참 사랑스럽다. 많이 웃고 많이 울고 많이 사랑했기 때문에……. 20대를 살면서 느낄 수 있는 희로애락의 감정을 충분히 느끼며 살았다는 얘기다. 사랑하는 여자 친구를 떠나보낸 이별의 아픔으로 밤새 울었던 기억마저 사랑스럽다.

열정적으로 뜨겁게 살아왔다고 할 수는 없어도 지나간 일을 붙잡아두고 미련을 갖는 행동은 하지 않았다. 이것은 내가 남들보다 더 노력했다고 자부할 수 있는 나만의 삶의 방식이다. 그 시절에만 할 수 있는 모든 것에 도전했고, 좌절도 경험했다. 하지만 특별할 것 없는 일상에서도 그 순간의 감정을 표현하는 데 늘 솔직했고, 지금 할 수 있는 일에 최선을 다해왔다. 지금 옆에 있는 사람들을 사랑하려고 했고, 아직 일어나지 않는 일들에 대해서는 앞서 걱정하지 않았다.

그래서인지 나는 잘 웃는다. 사람들은 나를 보고 웃는 얼굴이 보기 좋다고 말한다. 웃는 얼굴은 상대방을 기분 좋게 하는 강력한 무기이다. 같은 말을 하더라도 웃는 얼굴로 하면 처음 보는 사람과도 금세 가까워질 수 있고 친근함을 느낄 수 있다. 좋은 생각만 하기에도 부족한 하루를 살면서도, 나이가 들수록 감정 표현에 인색해지는 사람들을 보면 나의 이런 생각은 더욱 확고해진다.

순간의 감정을 정확히 포착하고 그때 느끼는 솔직한 마음과 제대로 마주한다는 것은 물론 쉬운 일이 아니다. 누군가 내게 가장 후회스러웠던 순간을 묻는다면, 나는 쉽게 떠올리지 못할 것이다. 그건 다 그때그때 감정 표현에 충실해왔기 때문일 것이다. 직업에 대해서도 중학생 이후로 고민해본 적이 없다. 하지 않고 후회하는 것보다 해보는 것이 우선이라고 생각했기 때문에 나의 선택에는 늘 미련이 남지 않는다.

서른이 된다고 해도 나의 이런 자세는 쉽게 바뀌지 않을 것이다. 20대보다는 확실히 다른, 3이란 숫자가 주는 중압감과 함께 어른이라 할 수 있는 나이. 하지만 크게 의미를 두고 싶지 않다. 갑자기 어른으로서 무엇을 해야 한다고 생각하지도 않는다. 정신없이 바빠질지, 더 여유가 생길지도 모를 미래의 얘기지만 성급하게 일을 그르치고 싶지는 않다. 그저 지금처럼 자연스럽게, 나의 20대가 그랬던 것처럼 편하게 나를 놓아주고 싶다. 그때도 지금과 다르지 않는 하루하루가 이어질 것이다. 서른이 되어도 항

상 웃는 얼굴로 무대를 즐기고, 사람들과의 만남에 집중하면서 살 것이다.

　나는 항상 행복을 꿈꾼다. 드럼 스틱만 쥐어도 행복했던 그때처럼, 늘 행복한 드러머로 살아가고 싶다. 아무리 나이가 들어도 마음만큼은 그대로인, 슬픈 노래를 듣고 눈물을 흘릴 수 있는 그런 매력적인 사람으로 남고 싶다. 열정마저 뜨거워지는 여름과 왠지 쓸쓸해지는 겨울 사이에 점을 찍듯 지나가고 마는 가을의 여유를 닮고 싶다. 작은 것에 감동하고 소소한 것에 많은 행복을 느끼는 스물여덟의 나는 이런 사람이다. 그리고 이런 내가 좋다. 나는 언제까지나 나의 행복을 위해서 살아갈 것이다.

파리의 이방인

낯선 느낌을 즐기는 데서 진정한 여행이 시작된다. 낯선 곳에서 오감이 바짝 서는 듯한 느낌과 이방인으로서 현지인들의 살아 있는 일상을 느껴가는 과정에서 진짜 여행의 의미를 발견하게 된다. 솔루션스 첫 유럽 투어는 해외 팬들을 만나는 기회이면서, 나의 메마른 감정을 온전히 채울 수 있는 여행의 기회였다.

2014년에 유럽 5개국 6개 도시의 솔루션스 투어 공연이 정해졌을 때 가장 기대한 도시는 파리였다. 몽마르뜨 언덕, 루브르 박물관, 에펠탑……. 책이나 영화 속에서 보던 그곳을 떠올리며 파리에 대한 기대감에 한껏 부풀었다. 나의 기대를 온전히 채워주기 위해 파리 시내의 불빛은 나를 향해 쏟아지는 것만 같았고, 공연의 피곤함은 느낄 새도 없었다. 한 번도 느껴보지 못한 낯선 곳에서의 자유로움이 온몸을 휘감았다. 나는 파리의 밤거리를 맘껏 누볐다.

화려한 파리 시내를 지나 몽마르뜨 언덕에 있는 사크레 쾨르 성당에 도착했다. 어둠이 깔린 언덕배기에 노란 불빛으로 물든 성당의 자태가 너무 아름다워 숨이 막힐 정도였다. 그동안 하늘, 꽃, 파도, 새 같은 자연물을 보고 감동을 받았던 나는 인간이 만든 피조물인 성당을 보고 웅장함과 성스러움이라는 새로운 감동을 경험했다. 온몸에 전율이 흐른다는 게 이런 걸까. 파리라는 낯선 도시에서 맞이한 경이로움은 어떤 말로도 표현할 수 없었다.

내가 사랑하는 것은 파리가 아니라 이런 느낌이었던 것 같다. 현실 속에 있는 나의 몸과 마음을 낯선 곳으로 데려와 이성보다는 감성을 한껏 일깨워주는 느낌 말이다. 현실에서 보잘 것 없던 나를 영화 속의 주인공으로, 인생의 주인공으로 만들어주는 그 느낌……. 감성이 살아 있는 순간들은 마치 사랑만을 위해 존재하는 시간들 같았다. 그만큼 아름다웠다. 내가 사랑하는 사람들, 내가 사랑하는 것들, 나를 사랑하는 사람들, 나를 사랑하는 것들을 떠올리며 행복을 주워 담았다. 마음 한편에 요동치는 그것은 평화로움 그 이상의 느낌이었다.

그날 저녁 오경이 형과 둘이서 파리의 밤거리를 걷다 어느 펍에 들어갔다. 밤거리의 파리 뒷골목, 오래된 허름한 건물로 들어서자 낯익은 음악이 우리를 맞이했다. 그 안에서 사람들을 구속하고 있는 것은 아무 것도 없어 보였다. 영혼까지 자유로워 보이던 그들은 세상 걱정 없는 얼굴로 즐

기고 있었다.

　우리도 그들 틈에 끼었다. 한국에서 온 뮤지션이라고 소개한 우리를 그들은 기꺼이 맞아주었고, 금세 그들과 하나가 되었다. 그 순간만큼은 타지에서 온 이방인이 아닌, 그들의 친구였다. 술자리가 한창 무르익을 때쯤, 유명한 코미디언이라고 소개한 사람이 자기 집에서 더 시간을 보내자고 제안했다. 우리는 그 사람을 따라나섰다. 그의 집은 꽤 넓었고, 페르시안 풍의 카펫이 깔려 있는 거실에 열대여섯 명가량의 사람이 모여 앉아 술을 더 마셨다. 술을 마시면서 손짓 몸짓을 다 동원해 그들과 대화를 나눴고 기분 좋게 취했다. 몽롱한 술기운에 만난 그들이 좋았고, 그들 속에 있는 우리가 좋았다. 기분 좋게 취해서일까. 숙소에 돌아와서도 기분 좋은 떨림이 깨지 않길 바랐다.

12월의 파리는 꿈만 같았다. 현지인들에게는 익숙한 일상이겠지만, 나의 눈에는 모든 게 특별했다. 멀리서 온 손님에게만 경험하게 하는 특별 대접 같았다. 깔끔하게 정돈된 호텔 방에만 있었다면 결코 느낄 수 없는 경험이었다. 현지인들 사이로 들어가 그들과 함께하는 그 시간들을 온몸으로 느끼는 순간 여행의 재미는 배가 된다.

여행지에서의 새로운 만남, 야릇한 흥분 속에 보낸 그 기억들을 지금 생각해보면 하룻밤의 꿈같다. 내 20대 젊은 날의 치기, 자유로운 이방인의 겉멋으로 물든 그 하루도 아침과 함께 사라졌다.

마음을 채워야 하는데
입으로 채우려 하니
눈으로 채우려 하니
몸으로 채우려 하니
채워질 리 있나.

우리들의 내려놓기

　홍대 앞에 있는 연습실. 9월 19일부터 시작되는 솔루션스 전국 투어 공연을 준비 중이다. 솔루션스의 첫 번째 전국 투어 공연이다. 유럽 투어를 처음으로, 록밴드들의 꿈의 무대라는 미국 SXSW, 일본 섬머소닉 페스티벌 무대를 섰다. 그 무대들에 서면서 나는 음악을 한 것에 다시 한 번 감사했다.

　'내가 진짜 밴드를 하고 있구나!'
　'나는 정말 복이 많구나!'

　특별히 어떤 한 장면이 인상 깊게 떠오르기보다 순간순간의 장면들이 모두 특별하게 다가온다. 유럽 투어 공연은 그 무엇과도 바꿀 수 없는

값진 경험이었다. 좋았던 순간들도 많지만 넷이서 고생도 많이 했다. 그만큼 우리는 더욱 가까워졌고 우리 넷만의 추억과 공감대가 두텁게 형성되었다.

그 경험과 시간들은 한국에 돌아와서도 그대로 이어졌다. 멤버들끼리 의견을 스스럼없이 말하고, 음악에 대한 욕심도 많이 생겼다. 이는 곧 솔루션스의 진화로 이어질 것이다. 물론 의견을 맞추기 위해 여전히 티격태격하기도 한다. 소통의 과정에는 서로 상충되는 의견이 있기 마련이다. 하지만 중요한 건 우리는 여전히 성장하고 있다는 것이다.

올해 여름 EP를 준비할 무렵부터 우리의 가장 큰 화두는 '내려놓기'였다. 밴드의 더욱 공고한 합을 위해서는 멤버 각자의 색깔보다는 밴드의 색깔을 먼저 만들어야 한다. 이 과정에서 솔이 형은 솔이 형대로, 나루 형은 나루 형대로 마음앓이를 많이 했다. 솔이 형은 더욱 파워풀한 보컬이 되기 위해, 나루 형은 솔루션스의 음악적인 방향과 색깔을 홀로 책임져야 한다는 부담감을 내려놓기 위해서……

옆에서 보기 안쓰러울 정도로 노력하고 고민하는 형들을 보면서 뮤지션으로서의 나를 되돌아보게 되었다. 그동안은 무대 위에서 드러머로서의 모습, 무대 아래에서는 인간 박한솔로서 인생을 즐기고 행복하게 사는 것에 더 집중했다. 이제는 음악과 나에 대한 진지한 고민과 음악적인 발전을 위해 한걸음 더 나아가야 할 시점인 것 같다. 나를 보기 위해, 우리를 보기 위해 찾아와주는 관객들에게 더 좋은 음악, 더 좋은 연주를 들려주고 싶은 욕심이 생겼다. 우리의 음악을 더욱 풍성하게 만들고 싶어졌다. 드럼만이 아닌 처음으로 음악과 마주했던 시간이었다.

이런 나의 생각을 엿보기라도 한듯, 솔이 형이 요즘 연습하라고 은근히 압력을 가한다. 그러면 나는 형을 놀리듯 되받아친다.

"뭐야 형? 형이나 연습해!"

그러면 형은 달려와서 한 팔로 내 목을 감싸고 꿀밤을 때리는 시늉을 한다. 사실은 솔이 형한테 이런 이야기를 듣는 것이 좋다. 형이 나를 편하게 생각한다는 뜻이니까. 그만큼 나와 솔이 형이, 우리 모두가 가까워졌다.

전국 투어 공연 연습을 하던 어느 날이었다. 그날도 여느 날과 마찬가지로 드럼을 신나게 두드렸다. 그런데 연습이 끝나갈 무렵 머리를 스쳐가는 게 있었다.

'치열함, 노력, 대가……'

이것이었다. 나의 내려놓기란 그동안 내가 음악을 즐기면서 무대 위에서의 드러머 박한솔에 치중했다면, 이제는 진정한 뮤지션 박한솔로 거듭나기 위해 거쳐야 할 통과의례였다. 사실 입시 준비를 한 이후로 치열하게 노력했다기보다 음악이 좋아서 음악을 즐기면서 지금까지 왔다. 어쩌면 그동안의 나는 치열한 노력이라는 대가를 지불하기 싫었는지도 모른다. 그래서 지금으로 만족한다는 마음의 가면을 썼던 것인지도 모른다.

밴드의 성장을 위해서는 멤버 각자의 내려놓기가 필요하다. 누군가는 자신의 주장을 내려놓아야 하고, 누군가는 그저 묵묵히 돋보이지 않아도 자신의 자리를 지켜야 한다. 나의 내려놓기는 형들이 원하는 속도에 나의 속도를 맞추는 것이다. 나도 더 이상 내가 하고 싶은 대로만 할 수 없는 시점이 되었다. 우리들의 내려놓기는 지금도 계속되고 있다.

9월 19일 춘천, 솔루션스 전국 투어 공연의 첫 번째 막이 올랐다. 이 무대는 지난 2년 동안 우리의 성장을 아낌없이 보여주는 자리였다. 우리는 그 어떤 때보다 자유롭고 편안하게 무대를 즐겼다. 공연을 하는 우리도 음악을 듣는 관객들도 편안했다. 솔루션스의 음악, 솔루션스의 무대란 바로 이런 것이다. 애써 꾸미지 않고 애써 앞서가려 하지 않고, 우리 네 명이 지금 있는 그대로의 모습을 자연스럽게 담아내는 것!

서투른 것은 서투른 대로, 잘하는 것은 잘하는 대로!

우리 앞에는 솔루션스를 사랑하는 관객들이 있다. 우리 음악에 맞춰 우리와 함께 뛰어노는 관객들. 이것이면 충분하다. 더 많은 것을 욕심낼 필요도, 더 빨리 가려고 서두를 필요도 없다. 우리는 지금처럼 경쾌하고 느린 발걸음으로 한 걸음, 한 걸음 나아가면 될 뿐이다. 이것이 솔루션스의 진정한 '내려놓기'이다.

더 많은 사람에게
솔루션스의 음악과 이야기가 전해지기를

책상 위에 쌓이는 수많은 홍보 CD 중 하나를 골라 무작정 틀었다. 기사 마감시간에 쫓겨 밤을 새던 어느 날, 지루함을 달래보자는 심산으로…….

'뭐지?'

음악은 무척이나 세련되고 독특했다. CD 케이스를 들어 이름을 다시 확인했다. 우연히 신선한 음악을 접했을 때의 짜릿함, 그것은 실로 오랜만의 경험이었다. 한참 동안을 해외 팝음악인 줄 알고 틀어놓았던 그 앨범. 2012년 밴드 솔루션스의 음악을 처음 접했을 때 느낌이다. 단순히 영어로 된 가사 때문은 아니었다. 매우 자유로운 음악을 들려주면서도 편집증에 가까운 치밀한 사운드 메이킹은 한마디로 신세계의 음악이었다. 물음표보다 느낌표에 가까웠던 그들의 첫인상은 강렬했다. 그리고 이 젊은 밴드는 데뷔 동시에 평단의 주목을 받았고, 몇 년 안에 세계무대로 뻗어나갔다.

솔루션스가 뿜어내는 음악의 강점은 국적이 모호한 데 있다. 신스팝을 내세워 댄서블한 사운드를 선보이거나, 블러나 오아시스의 전성기와 마주한 듯 익숙한 브릿팝도 섞여 있다. 하지만 이 모든 것을 들려주는 데 있어 결코 어수선하지 않다. 오히려 명쾌하게 핵심만을 전달하고 있다. 세련된 사운드와 인상적인 보컬, 적당한 긴장감과 여유. 여기에 천성이 아무리 차분한 사람이라도 어깨를 들썩이게 하는 젊음을 머금고 있으니 그것은 새로운 세대의 음악임이 분명했다. 트렌드를 수용하면서도 보컬, 프로덕션 면에서 높은 완성도를 들려주는 솔루션스는 기존 한국 밴드의 기대치를 높이 끌어올렸다. 당신을 춤추게 할 음악이면서도 감상하기에도 적절한 음악을 기대했다면 솔루션스는 최고의 선택이다. 그야말로 군더더기 없는 청량한, 젊음의 음악이다.

그들이 궁금해졌다. 단순히 홍보 보도자료로는 설명이 부족한, 마니아들의 입소문만으로는 포장이 부족한, 진짜 그들의 속 깊은 이야기가 궁금했다. 이질적이면서도 친근한 음악은 퓨전요리 같고, 깔끔한 연주와 완성도는 소박한 한식 상차림을 닮아 있는, 그 음악의 정체가 궁금했다. 물론 이 책을 기획한 건 좀 더 많은 사람이 이들의 음악을 주목했으면 바람에서다. K팝이 전 세계 곳곳에서 신드롬에 가까운 대접을 받는 이 시점에,

이런 팀이 진짜 대접을 받아 마땅하다는 사소한 욕심까지도 들었다. 공연장과 국내외 페스티벌 무대를 누비며 그들은 스스로의 틀을 깨고 진일보한 음악을 들려주고 있다. 솔루션스를 처음 들었을 때의 신선한 두근거림은 여전히 유효하다. 그들의 생각과 삶을 꽤 깊이 엿보고 나니 더욱 매력적이다. 그들은 질투 나게 부러운 '청춘'들이었다.

박영웅(《Do it, 그냥 해봐!》기획, 대중음악기자 겸 작사가)

Do it, 그냥 해봐!
ⓒ 솔루션스, 2015

초판 1쇄 인쇄 | 2015년 11월 20일
초판 1쇄 발행 | 2015년 11월 30일

지은이 | 솔루션스
발행인 | 정은영
기획 | 박영웅
책임편집 | 정은아
마케팅 | 박성수
디자인 | twoesdesign
PHOTO by | 해피로봇 레코드, 민트페이퍼(www.mintpaper.com 유경오, 정정은, 김태수)
　　　　　　SYOFF MAGAZINE(정태도), 기준서, 여세철
제작 협력 | 해피로봇 레코드

펴낸곳 | 마리북스
출판등록 | 제2010-000032호
주소 | (121-904) 서울시 마포구 월드컵북로 400 문화콘텐츠센터 5층 21호

전화 | 02)324-0529, 0530
팩스 | 02)3153-1308
인쇄 | 공간

ISBN 978-89-94011-59-2 (03810)

THE SOLUTIONS